Der Glücksritter

Dr. Gerd Friederich, aufgewachsen im hohenlohischen Langenburg und schwäbischen Bietigheim an der Enz, studierte in Würzburg fürs Lehramt (Deutsch, Kunst, Geschichte, Geografie) und berufsbegleitend noch zweimal, zunächst in Tübingen (Pädagogik, Philosophie, Psychologie, Landeskunde) und viele Jahre später in Nürnberg (Malerei). Er arbeitete als Lehrer, Heimerzieher, Personalreferent, Schulrat, Lehrerausbilder und veröffentlichte viel Fachliteratur. Jetzt lebt er im Taubertal, schreibt Romane und malt Porträts und Landschaften.

GERD FRIEDERICH

Der Glücksritter

Roman

Bibliografische Information der Deutschen Nationalbibliothek
Die Deutsche Nationalbibliothek verzeichnet diese Publikation in der
Deutschen Nationalbibliografie; detaillierte bibliografische Daten sind
im Internet über http://dnb.d-nb.de abrufbar.

Umschlagdesign, Satz, Herstellung und Verlag:
BoD - Books on Demand, Norderstedt
ISBN 978-3-7562-9872-3

Inhalt

Ihr seid ein Stäubchen am Gewand der Zeit,
lasst euren Streit!
Klein wie ein Punkt ist der Planet,
der sich samt euch im Weltall dreht.
Mikroben pflegen nicht zu schrei'n.
Und wollt ihr schon nicht weise sein,
könnt ihr zumindest leise sein!
Schweigt vor dem Ticken der Unendlichkeit!
Hört auf die Zeit!

(Erich Kästner)

Vorwort

Mit vierzehn hatte ich Gitarrenunterricht in Stuttgart. Jede Woche fuhr ich mit dem Zug hin und suchte nach der Musikstunde den Lesesaal der Landesbibliothek auf. Dort stöberte ich in ausliegenden alten Zeitungen, Zeitschriften und Handbüchern. So bin ich zur Geschichte gekommen, meiner Leidenschaft, die mich bis heute nicht loslässt. Nicht das, was man in der Schule lehrt, das langweilige Zeug von Kaisern, Königen, Kriegen und politischem Ränkespiel, interessierte mich, sondern die Alltagsgeschichte. Zum Beispiel: Seit wann gab es Unterhosen und Zahnbürsten? Was machten die Leute im 19. Jahrhundert, wenn sie in der Residenzstadt weilten und plötzlich aufs Klo mussten? Was aß und trank man früher, und wie verbrachte man den Feierabend, sofern man überhaupt einen hatte?

Irgendwann fiel mir auf, dass es im Lesesaal eine eigene Rubrik für »Einwanderung und Auswanderung« gab. Nach der Reformation und dem Dreißigjährigen Krieg fanden Glaubensflüchtlinge wie Calvinisten, Hugenotten und Waldenser in Württemberg eine neue Heimat. Doch ab 1800 wanderten viele Württemberger aus. Sie wollten Religionsfreiheit. Oder sie flüchteten, weil die vielen napoleonischen Kriege Armut, Hungersnöte und politische Unterdrückung zur Folge hatten. Zudem lockten die russischen Werber mit billigem Landerwerb, Steuerfreiheit und Befreiung vom Militärdienst. Gerade junge Männer wollten dem langen Zwangsmilitärdienst in Württemberg entgehen. Allein 1803 trafen rund siebentausend Kolonisten aus Württemberg in Neurussland ein, und es wurden von Jahr zu Jahr immer mehr. Das alles las ich in einschlägigen Journalen.

Eine Buchreihe im Lesesaal der Landesbibliothek hatte es mir besonders angetan, die »Württembergischen Jahrbücher«, scheußlich eingebundene und nach dem Staub der Jahrhunderte riechende Bücher in zwei Regalen. Herausgegeben wurden die ersten Bände von Magister Johann Daniel Georg Memminger, dem Geografen und Statistiker, der das Statistisch-Topographische Bureau des Königreichs Württemberg leitete, eines der ältesten Statistikbüros der Welt.

In diesen Jahrbüchern, das erste erschien 1818, stand alles, was es in jener Zeit über Württemberg und darüber hinaus zu wissen gab. Die Herrscherfamilie, die Ministerien, die staatlichen Ämter und detaillierte Statistiken, die erschöpfend alle Berufsfelder, Wirtschaftszweige und Gesellschaftsfragen erfassten. Dazu eine ausführliche »Chronik« und sehr ergiebige »Denkwürdigkeiten« über das Berichtsjahr, von neuesten Ausgrabungen bis zu Hagelschlag und Überschwemmungen. Es schlossen sich Nekrologe an, Würdigungen verstorbener Persönlichkeiten. Schließlich die für mich interessanteste Rubik »Abhandlungen und Nachrichten verschiedenen Inhalts«: Geschichtliches, Geografisches, Kulturelles, Kurioses usw.

Der erste Band enthielt im Rückblick Details zu den Hungerjahren 1816 und 1817. Ein Ereignis, das mich schon mein ganzes Leben lang beschäftigt. Was war die Ursache? Heute wissen wir es, damals gab es nur vage Andeutungen: Am 10. April 1815 explodierte der Vulkan Tambora im indonesischen Archipel, bis heute die größte Naturkatastrophe aller Zeiten. Eine riesige Asche- und Schwefelwolke trieb anderthalb Jahre lang rund um den Globus. Mitteleuropa und insbesondere den deutschen Südwesten traf es besonders schlimm: Hagelstürme, Frost und Schnee im Sommer, sintflutartige Regenfälle und Überschwemmungen in ungeahntem Ausmaß. Die Folge: eine unbeschreibliche Hungersnot, Getreidewucher, Flucht aus der Heimat, wenige nach Amerika, die meisten nach Neurussland.

Die zwei Jahre ohne Sommer lösten auch Reformen und Erfindungen zur Bewältigung der Krise aus. Sehr viel, was heute noch zählt, ist damals entstanden, zum Beispiel die Wohltätigkeitsorganisationen, das Katharinenstift, das Katharinenhospital, die Württembergische Landessparkasse, die Universität Hohenheim, diverse Schulreformen und das Cannstatter Volksfest.

Im November 2013 zeigte das Landesmuseum Württemberg die Ausstellung »Im Glanz der Zaren«. Es ging zwar vordergründig um Zarin Maria Fjodorowna von Russland (geborene Sophie Dorothee von Württemberg), Königin Katharina Pawlowna von Württemberg (Ehefrau des württembergischen Königs Wilhelm I. und Lieblingsschwester von Zar Alexander I.), Großfürstin Elena Pawlowna von Russland (geborene Charlotte von Württemberg) und Königin Olga Nikolajewna (Ehefrau des württembergischen Königs Karl I. und Tochter des

Zaren Nikolaus I.). Aber zugleich veranschaulichte die Ausstellung dokumentenreich die Not jener Jahre und die Antworten darauf.

Damals begann ich mit den Vorarbeiten zu diesem Roman, der Historisches mit Fiktivem verbindet. Er will ein Licht auf jene wirren Jahre werfen. Dazu bitte auch den Anhang beachten. Vor allem aber möchte ich die Leserinnen und Leser unterhalten.

Württemberg

Heilbronn am Neckar, Juni 1815. Ein strahlender Sommertag. Tausende russischer und österreichischer Soldaten biwakierten auf dem weiten Grün zwischen Neckar und ehemaliger Reichsstadt. Mit Würfelspiel und allerlei Schabernack vertrieben sie sich die Zeit. Die Offiziere logierten in der Stadt.

Gegen halb sieben Uhr abends ritt Zar Alexander durchs Fleiner Tor. Voraus trabte, auch er hoch zu Ross, der Stabstrompeter. Er blies den Pariser Marsch, der eigens zum Einzug des Zaren in Paris im März 1814 komponiert worden war.

Kinder stürzten aus dem Haus. Männer und Frauen legten rasch alles beiseite, banden die Schürzen ab und rannten hinterher. »Der Zar ist in der Stadt!«, schallte es hundertfach durch die Gassen. »Hosianna! Der Friedensfürst ist da!«

Die Nachricht verbreitete sich in Windeseile. Alle wollten den berühmten Mann sehen, der – gerade einmal sechsunddreißig Jahre alt – schon als mächtigster Monarch der Welt galt. Die ganze Stadt war auf den Beinen. Alle wollten dem strahlenden Helden dieser kriegslüsternen Zeit huldigen, der den blutrünstigen Franzosenkaiser endlich besiegt und eben noch in Wien den Kongress zur Neuordnung Europas dominiert hatte. Achttausend Heilbronnerinnen und Heilbronner waren aus dem Häuschen.

In grüner Uniform ritt Europas Erlöser von der napoleonischen Pest auf seinem Schimmel die Fleiner Straße entlang, flankiert von ordensgeschmückten Ordonnanzoffizieren. Dicht gedrängt standen die Einheimischen und bestaunten den Vielgeliebten. Begeistert jubelten sie ihm zu, lobten ihn über den grünen Klee und priesen seine Macht und Herrlichkeit. Viele applaudierten. Der Zar grüßte huldvoll mit erhobener Hand.

Schon bog die Reiterkolonne auf den Kiliansplatz ein, gefolgt von einer großen Kinderschar. Auch hier standen die Menschen Schulter an Schulter.

»Ein dreifach donnerndes Hoch – Hoch – Hoch!«, schrie das Volk, als der Zar den Marktplatz erreichte. Ein Beifallssturm ohnegleichen brandete auf. Zurufe hallten über den Platz und hießen Seine Majestät willkommen. Tausende drängten sich im Karree und begafften das farbenprächtige Schauspiel. Die Zuschauer rempelten und schubsten, lachten und kreischten. Frauen stießen spitze Schreie des Entzückens aus. Einige fielen in Ohnmacht und mussten mit Riechsalz, kaltem Wasser und Ohrfeigen wiederbelebt werden. Viele, zu viele wollten dem strahlenden Helden so nahe wie möglich sein. Auch in allen Fenstern hingen Leute.

Da! Die Rathaustür öffnete sich. Der Stadtschultheiß trat heraus, die silberne Amtskette um den Hals. Ihm folgte in feierlichem Zug der Magistrat der Stadt. Jetzt stieg das Stadtoberhaupt die Treppe an der Rathausbalustrade hinab und bahnte sich einen Weg durch die Menge.

Zwölf Jahre zuvor war Heilbronn von einer freien

Reichsstadt zur württembergischen Oberamtsstadt herabgestuft und damit zu einer Stadt unter vielen im Königreich Württemberg erniedrigt worden. Schuld daran war Napoleon. Deshalb begrüßten die Heilbronner den russischen Zaren umso freudiger und dankbarer, hatte der doch den Franzosenkaiser in die Verbannung geschickt.

»Vielleicht …«, sagte der Stadtschultheiß zu seinem Sekretär und wischte sich den Schweiß aus dem feisten Gesicht, »… vielleicht bringt uns der Zar die alte Zeit zurück.«

»Gewiss, Herr Stadtschultheiß«, beeilte sich der Sekretär und lüftete devot seinen Zylinder, »wenn wir es geschickt anstellen.«

»Seiner Majestät ein dreifach donnerndes Hoch – Hoch – Hoch!«, schrie auch der Stadtschultheiß mit hochrotem Kopf und verneigte sich vor dem weltberühmten Reiter, während die Herren Stadträte Jubel- und Vivatrufe anstimmten.

Zar Alexander, eben vor dem Portal zum Rauchschen Palais angekommen, schwang sich elegant vom Pferd und übergab die Zügel an einen seiner Offiziere. Auch die beiden Generäle, die dem Zaren das Geleit gaben, saßen ab und salutierten.

»Ich danke Ihnen persönlich und Ihrer ganzen Stadt für den freundlichen Empfang«, sagte der Zar, nickte dem Stadtschultheiß huldvoll zu und grüßte erneut mit erhobener Hand in die Runde. Dann schritt er auf das Portal zu.

Das Rauchsche Palais war das größte und schönste

Gebäude am Heilbronner Markplatz. Es war erst wenige Jahre zuvor errichtet worden und diente der Kaufmannsfamilie Rauch als Firmensitz und Wohnhaus. Das Palais hatte vier Stockwerke und mehr als hundert prachtvoll gestaltete und modern ausgestattete Räume.

Kaufmann Max Moritz von Rauch, vom württembergischen König sieben Jahre zuvor in den Adelsstand erhoben, verneigte sich tief und hieß den hohen Gast in seinem Haus herzlich willkommen. Zusammen mit seinem Bruder betrieb er eine Tabak-, Öl- und Farbholzmühle und besaß ein florierendes Handelsunternehmen. Die zwanzig schönsten Zimmer stellte Rauch dem hohen Gast zur Verfügung.

*

Buchdruckermeister Wilhelm Becker stand mit Eugen, seinem Zeichner und Lithografen, am Fenster und beobachtete aus dem ersten Stock seines Hauses, wie der Zar den Bewohnern der Stadt für das herzliche Willkommen dankte und Münzen an Umstehende verteilen ließ.

Aus dem Fenster nebenan sah die Meisterin entzückt dem prächtigen Treiben zu. Sie hatte ein Kissen über den Fensterrahmen gelegt, um sich bequem hinauslehnen zu können. Sie war Beckers zweite Frau, gerade einmal Anfang zwanzig, bildhübsch mit blonden Haaren, grauen Augen und einem wachen Verstand. Sie stammte aus einem kleinen Dorf im Schwarzwald und war von ihren Eltern nach der Schulentlassung als Hausmädchen verhökert worden. So war sie vor ein paar Jahren nach

Heilbronn und in den Haushalt des Buchdruckers gekommen. Der Meister konnte sich nicht sattsehen an der jungen Schönheit, doch seine Frau striezte das Mädchen, wann immer sich eine Gelegenheit bot.

Eines Morgens lag die Meisterin tot im Bett. Niemand konnte sich das erklären. Nach einer Anstandsfrist von einem halben Jahr heiratete der Witwer seine Hausgehilfin. Seine erste Ehe war kinderlos geblieben. So hatte er sich von seiner zweiten Frau nichts sehnlicher als einen Stammhalter gewünscht. Vergebens. Man begann schon in der Stadt zu munkeln, das könnte auch am Ehemann liegen.

»Verflixt und zugenäht!«, entfuhr es Eugen, einem jungen Mann mit lebhaften Augen, kurzem Oberlippenbart und buschigen, dunklen Augenbrauen. Er ärgerte sich und deutete auf den Druckerlehrling, der sich eben vor einem russischen Offizier verbeugte, weil der ihm eine Münze geschenkt hatte.

»Pfft!«, machte der Meister, dem man ansah, dass ihm das Essen schmeckte. Er war groß, mit einem breiten Gesicht, dicken Armen, stämmigen Beinen, einem mächtigen Bauch und einem Doppelkinn, das ihm über den Kragen quoll.

»Wertloses Zeug!« Des Meisters tiefe Stimme erfüllte den Raum, in dem sie standen, prallte von Decke und Wänden ab und schallte zum Fenster hinaus. Ein paar Leute vor dem Haus schauten verwundert herauf.

»Du spinnst wohl!«, rief eine Frau empört und zeigte dem Meister ihre Münze. Zum Beweis biss sie in das Metall. »Echtes Silber.« Die Umstehenden lachten.

Auch Eugen lachte.

Sein Meister holte aus und gab ihm eine schallende Ohrfeige, denn er war ein verbiesterter Mann, der keinen Spaß vertrug und keinen Widerspruch duldete. Weil er aber der Frau vor seinem Haus, die er als die Gattin des ehrenwerten Gerichtsschreibers erkannte, keine Maulschelle verpassen konnte, musste Eugen büßen.

Eugen schäumte. Vor Wut hätte er seinen Meister am liebsten zum Fenster hinausgeprügelt, aber er biss die Zähne zusammen und nahm sich vor, es ihm heimzuzahlen.

Sogleich hatte er eine Idee, denn er war ein kreativer junger Mann mit einer ungewöhnlichen Beobachtungsgabe.

*

Eugen schaute sich die beiden russischen Generäle gründlich an. Der Zufall wollte es, dass einer genau in diesem Augenblick unter Eugens Fenster vorbeikam.

»Herzlich willkommen in Heilbronn, Herr General«, rief Eugen dem hohen Offizier auf Russisch zu.

Der blieb stehen, sah am Haus hinauf und Eugen direkt in die Augen: »Wer bist du und woher kommst du, dass du so gut Russisch kannst?«

»Ich komme aus Russland, Herr General.«

»Und was machst du hier?«

»Ich arbeite als Zeichner und Lithograf.«

Der hohe Offizier sah den jungen Mann erstaunt an: »Lithograf?«

Eugen nickte.

»Noch nie gehört. Was macht ein Lithograf?«

»Wunderbare Bilder! Schwarz-weiße und farbige!«

»Zeigst du's mir?«, fragte der Offizier.

»Klar!« Eugen platzte vor Stolz. Und der Meister beeilte sich, den vornehmen Russen herzlich in sein Haus einzuladen.

So erschien am nächsten Morgen eine russische Ordonnanz in der Druckerei und kündigte an, Generalfeldmarschall Fürst Wolkonski werde am Abend um sechs Uhr eintreffen.

Meister Becker bekam weiche Knie. Eine ehrwürdige Durchlaucht, ein leibhaftiger Generalfeldmarschall in seinem Haus! Unglaublich! Seine Frau hingegen lachte, putzte sich heraus und fieberte dem hohen Besuch entgegen.

Eugen frohlockte. Die halbe Nacht hatte er durchgearbeitet. Eine fast fertige Zeichnung, die einen Reiter auf einem feurigen Rappen zeigte, hatte er vollendet und dem Reiter die Gesichtszüge des russischen Offiziers verpasst. Er musste das Bild nur noch kolorieren. Die Uniform mit ihren grünen, gelben und roten Farben hatte er sich eingeprägt. Fürs Einfärben blieb bis zum Abend genügend Zeit.

Als der fürstliche Generalfeldmarschall, begleitet von seiner Ordonnanz, zur vereinbarten Zeit eintraf, begrüßte er Meister Becker recht unterkühlt, verbeugte sich vor dessen Frau Mathilde, aber hatte nur Augen und Ohren für Eugen und unterhielt sich auf Russisch mit ihm. Er bewunderte die Werkstatt und Eugens Talent, die

herrlichsten Motive mit einer speziellen Tusche seitenverkehrt auf einen Stein zu zeichnen, den Stein zu ätzen
und das Gezeichnete mit der Reibepresse zu drucken.

»Wie viele Exemplare können Sie von einem Stein drucken?«, wollte der hohe Gast wissen.

»So viele Sie wollen«, sagte Eugen stolz, »und in allen
verfügbaren Farben.« Er führte den Fürsten vor die Bilderkrippe und zeigte ihm eine Auswahl seiner Bilder:
Porträts, Szenen aus der griechischen und römischen
Antike, Landschaftsmalereien, verschiedene Allegorien
und Historienbilder.

Der Feldmarschall kam aus dem Staunen nicht heraus.
Und als Eugen sein Geschenk überreichte, riss der all-
mächtige Offizier die Augen auf und lächelte, denn er
erkannte sich sofort, in Galauniform, hoch zu Ross und
in fabelhafter Pose. Eine Augenweide! Nicht einmal der
Zar besaß ein so perfektes Porträt.

Voller Stolz zeigte er das Bild den beiden Offizieren in
seiner Begleitung. Die staunten über die prachtvolle Lithografie und die lebensechte Darstellung ihres obersten
Militärführers.

»Und wie haben Sie diese Kunst erlernt, junger Mann?«,
wandte sich der Feldmarschall an Eugen, natürlich auf
Russisch.

»Ich habe Tag und Nacht gezeichnet, bis ich es konnte.
Und diese neue Kunst habe ich in der ersten und einzigen Schule für Lithografen erlernt.«

»Sie sind wirklich ein Meister Ihres Faches«, lobte der
Feldmarschall. »Und wem verdanken Sie Ihr Können?
Was meinen Sie?«, wollte er wissen.

»Meiner Begabung und meiner Heimat.«

»Also Russland?«, vergewisserte sich der Feldmarschall. Und als Eugen nickte, lief ein Grinsen über das Gesicht des vornehmen Besuchs. »Dann gehört Ihr Können eigentlich dem Zaren.«

Er beriet sich eingehend mit seiner Ordonnanz und wandte sich schließlich an Meister Becker, sein Offizier übersetzte: »Was hat die Ausstattung dieses Ateliers gekostet?«

Der Meister zuckte die Achseln. Er war sehr verstimmt.

»Dann suchen Sie bis morgen früh alle Rechnungen heraus.«

Der Meister wollte widersprechen, doch der Feldmarschall fiel ihm ins Wort: »Wenn Russland einen so begabten jungen Mann hervorgebracht hat, dann wollte es bestimmt nicht, dass sich ein Heilbronner Buchdrucker damit eine goldene Nase verdient. Vielmehr wollte es, dass der junge Mann sein Können Russland zur Verfügung stellt.«

Meister Becker packte der Zorn, aber er schluckte dreimal und hielt wohlweislich den Mund, warf Eugen und seiner Frau giftige Blicke zu, verließ grußlos nach der russischen Delegation das Haus und warf die Tür ins Schloss.

»Jetzt hockt er sich ins Wirtshaus und lässt sich volllaufen«, klagte die Meisterin und brach in Tränen aus. »Ach, wenn mein Wilhelm nur nicht so jähzornig wäre«, schluchzte sie und konnte sich nicht beruhigen. Eugen, der längst bemerkt hatte, dass es um die zweite Ehe seines Meisters schlecht bestellt war, legte tröstend seinen

Arm um die junge, unglückliche Frau. Sie ließ es nicht nur geschehen, nein, sie warf sich an seine Brust, weinte noch ein bisschen, lachte plötzlich hell auf über die Verbohrtheit ihres Mannes, schloss die Haustür von innen ab und ließ den Schlüssel stecken. Dann führte sie Eugen in ihr Schlafzimmer. Dort vertrieben sie sich aufs Angenehmste die Zeit, bis es an der Haustür klopfte und rüttelte.

Am nächsten Morgen betrat der russische Offizier, der gut Deutsch sprach, in Begleitung eines Soldaten die Druckerei, verlangte die Rechnungen, addierte die dort aufgeführten Beträge und legte Meister Becker wortlos die Summe in Silbergulden auf den Tisch. Dann bat er um Schreibzeug und Papier, fertigte eine Quittung, die Meister Becker zähneknirschend unterschreiben musste, und stellte mit erhobenem Zeigefinger fest: »Damit ist alles, was sich im Atelier des jungen Mannes befindet, russisches Eigentum. Bis zum Abtransport nach Russland wird eine russische Wache jedem den Zutritt zum Atelier verwehren, außer dem jungen Lithografen.«

Er grüßte militärisch und ließ Meister Becker sprachlos und zornbebend zurück. Der Soldat bezog Posten vor der Tür zum Atelier, nicht wissend, dass es einen Hintereingang ins Haus gab. Wie bei herrschaftlichen Gebäuden durchaus üblich, verfügte auch Beckers Haus über zwei Eingänge, das vornehme Portal zum Marktplatz hin und die Hinterhoftüre. Wer das Portal öffnete, der sah geradeaus die prachtvolle Treppe in den ersten Stock, wo der Hausherr mit seiner Frau wohnte. Auf der linken Seite war der Eingang zur Druckerei, auf der rechten die Türe zur lithografischen Werkstatt, vor der jetzt ein russischer Soldat stand. Durch die Hinterhoftüre gelangte man in ein enges, tristes Treppenhaus mit Zugängen zum Erdgeschoss, zur Wohnung des Hausherrn und zum zweiten Stock, wo das Dienstpersonal hauste. Hintereingang und Hintertreppe waren dem Personal vorbehalten. Meister Becker wurde hier noch nie gesichtet. Er verließ sein Haus ausnahmslos durch das Portal zum Marktplatz, und genauso betrat er es wieder. Das war seiner Selbstsucht geschuldet. Er wollte um jeden Preis als bedeutender Bewohner dieser Stadt wahrgenommen werden.

Der russische Offizier war schon an der Haustür, als er unvermittelt stehen blieb und sich noch einmal umdrehte: »Junger Freund«, sagte er zu Eugen, »bitte kommen Sie heute um vier Uhr ins Rauchsche Palais. Generalfeldmarschall Fürst Wolkonski möchte Sie sprechen.« Und an Meister Becker gewandt: »Sollte meinem jungen Freund oder dem Atelier Schaden zugefügt werden, ziehe ich Sie zur Rechenschaft.«

*

Eugen blieb bis zur vereinbarten Zeit in seinem Atelier. Hier wähnte er sich sicher vor den Beschimpfungen und Ohrfeigen seines Meisters. Hier konnte er in aller Ruhe an einem neuen Reiterbild arbeiten, das den Zaren zeigen sollte.

Kurz vor vier rannte er über den Marktplatz und meldete dem Wachhabenden vor dem Palais, der Generalfeldmarschall habe ihn einbestellt.

Kurze Zeit später wurde er mit höchster Ehrerbietung ins Zimmer des Fürsten geführt, der sich erfreut zeigte, den Künstler zu sehen.

»Ich habe mit dem Zaren über Sie gesprochen, junger Freund«, kam Wolkonski ohne Umschweife zur Sache. »Er hat entschieden! Sie müssen nach Russland zurückkehren! Am besten nach Odessa! Odessa ist unser Militärhafen für das Schwarze Meer und der Sitz des neuen Gouvernements von Neurussland. Sie sollen in Odessa eine Werkstatt für Zeichenkunst und Lithografie einrichten und begabte junge Leute in Ihrer Kunst ausbilden.«

Eugen strahlte übers ganze Gesicht. Er hatte damit gerechnet, bald abreisen zu müssen. Allerdings hatte er befürchtet, er würde künftig sein Leben im Tross der russischen Armee fristen. Darum war ihm die Rückkehr in die Heimat höchst willkommen.

»Wann soll ich abreisen?«

»Etwa in einer Woche.«

»Und womit soll ich in Odessa das Atelier einrichten?«

»Alles, was sich in Ihrer Werkstatt befindet, wird unsere Armee nach Odessa transportieren. Und für die Reise und den Neubeginn in Odessa werde ich sorgen. Hier ein Vorschuss.«

Er gab ihm ein paar Zettel. Eugen warf einen kurzen Blick darauf und riss die Augen auf. Fünfzig-Rubel-Scheine. Fünf Stück. Zweihundertfünfzig Rubel insgesamt.

Eugen bedankte sich mit einer tiefen Verbeugung. Jetzt wirst du reich, fuhr es ihm durch den Kopf.

»Verpacken Sie in den nächsten Tagen alles, was in Ihrem Atelier ist. Wenn Sie Hilfe brauchen, wenden Sie sich an meine Ordonnanz.«

Damit war Eugen huldvoll entlassen. Er eilte über den Marktplatz, setzte sich in seinem Atelier an den Tisch und legte die fünf Scheine vor sich hin. Er hatte noch nie einen Fünfzig-Rubel-Schein gesehen, geschweige denn besessen. Er wusste, dass Zarin Katharina die Große ihre Kriege gegen die Türken erstmals mit Papierrubeln beglichen hatte, die so viel wert waren wie das Metallgeld. Dass die Kriege unter den Zaren Paul und Alexander mit Papiergeld finanziert wurden, wusste er auch. Nur dass das Papiergeld seitdem an Wert einbüßte, wusste er nicht. Darum war es ihm auch egal.

Eugen verglich die Geldscheine sehr sorgfältig. Sie waren in allem identisch bis auf die dreimal aufgedruckten siebenstelligen Seriennummern.

Vier Scheine steckte er in die Schublade unter dem Tisch, den fünften untersuchte er mit der Lupe. Er rieb das Papier zwischen Daumen und Zeigefinger. Es war dünn. Er hielt es gegen das Licht und entdeckte das umlaufende Wasserzeichen. Er strich über das Papier und ertastete zwei Prägestempel, schwach zu erkennen.

Dann lehnte er sich zurück und dachte nach. Ein Lächeln huschte über sein Gesicht. Wie leicht wäre es für ihn, solche Scheine herzustellen.

Am einfachsten wäre der Aufdruck zu fälschen: »Dem Überbringer dieser staatlichen Anweisung wird die Assignationsbank fünfzig Rubel in gängigem Geld des Jahres 1815 zahlen. Bankdirektor …« Es folgte eine Originalunterschrift mit schwarzer Tinte. Oben mittig und unten links und mittig stand die siebenstellige Seriennummer. Unten noch zwei Originalunterschriften.

»Respekt«, murmelte Eugen, »bisher absolut fälschungssicher. Aber«, er kratzte sich am Hinterkopf, »mit der nagelneuen Lithografierkunst könnte man vielleicht eine Kopie wagen.«

Er studierte das Wasserzeichen. Es war zwar schon beim Papierschöpfen entstanden, doch mit einer Mischung aus Olivenöl und weißlichen Farbpigmenten ließe es sich nachträglich aufdrucken. Er hatte es schon selbst ausprobiert. Glücklicherweise wussten das nur wenige Fachleute.

Die meiste Arbeit dürften die beiden Prägestempel machen. Auf dem linken waren Fahnen zu sehen und ein Adler, der auf einer Kanonenkugel saß. Die Umschrift lautete: »Er bietet Sicherheit und Schutz.« Der rechte zeigte einen Felsen im Meer mit der Umschrift »Unzerstörbar«.

Zwischen den Prägestempeln war der Wert der Note aufgedruckt: FÜNFZIG in weißen Großbuchstaben auf schwarzem Rechteck, darunter 50 in Ziffern.

Die Rückseite war blank, bis auf eine vierte Unterschrift, genau in der Mitte platziert.

*

Eugen hielt es nicht mehr auf seinem Platz. Er rannte aus dem Haus und weiter zum Bollwerksturm, wo die Papier- und Walkmühle am Neckar stand. Den Besitzer

Johann Valentin Ebbeke kannte er gut, hatte er doch schon oft Papier eingekauft, sowohl für die Druckerei des Meisters als auch für seine eigenen Lithografien.

Ebbeke stand vor seiner Mühle und sah dem Herbei-eilenden belustigt entgegen.

»Ist mal wieder das Papier alle?«

»So ist es, Meister Ebbeke«, bestätigte Eugen. »Aber diesmal muss es ein feines weißes Papier sein.«

»Dann such dir aus, was du brauchst. Weißt ja selber, wo die feinen Papiere liegen.«

Eugen lief ins Lager, prüfte die verschiedenen Papier-sorten zwischen Daumen und Zeigefinger und verglich sie immer wieder mit der Fünfzig-Rubel-Note in seiner Hosentasche.

Endlich fand er, was er suchte: weißes dünnes Papier, die Maserung wie beim Geldschein.

Er rollte sechs Bogen vorsichtig zusammen und trat vors Haus.

Der Papiermüller hob warnend den Zeigefinger: »Das sind meine besten Papiere.«

»Was soll's kosten, Meister Ebbeke?«

»Drei Silbergulden, weil du's bist.«

Eugen feilschte nicht, obwohl er glaubte, übervorteilt zu werden, zahlte und beeilte sich, in sein Atelier zu kommen.

Unterwegs haderte er mit sich. Noch hatte er sich nichts zuschulden kommen lassen. Noch war er ein ehr-licher junger Mann, zwar noch grün hinter den Ohren, aber voller Fähigkeiten und Fertigkeiten, die er in Zu-kunft nutzen könnte.

Ist doch bloß ein Druck wie jeder andere auch, tröstete er sich. Ob ein Bild vom Generalfeldmarschall hoch zu Ross oder ein Fünfzig-Rubel-Schein, das machte doch keinen Unterschied. Außerdem würde niemand geschädigt. Der Schein in der Hosentasche hatte die Seriennummer 19 654 301, also dürfte es inzwischen mehr als zwanzig Millionen solcher Geldnoten geben. Ein Schein mehr oder weniger, beruhigte er sein Gewissen, das fiele gar nicht auf.

Zurück in seiner Werkstatt gab er sich einen Ruck: Jetzt probiere ich's einfach mal. Wenn's was wird, dann sehen wir weiter. Andernfalls ist's auch recht.

Sogleich machte er sich an die Arbeit und zeichnete das Wasserzeichen seitenverkehrt auf Stein. Schon beim zweiten Druckversuch war die Nachbildung ordentlich; beim dritten, er hatte die Emulsion aus Öl und Pigmenten etwas verändert, war sie perfekt.

Müde von der Arbeit und den Aufregungen des Tages legte er sich in seinem Atelier schlafen. Seit dem Besuch des Generalfeldmarschalls teilte er das Bett im zweiten Stock nicht mehr mit Karl, dem Buchdruckerlehrling. Wo immer möglich, ging er dem Meister aus dem Weg und blieb auch nachts in seiner Werkstatt, bewacht von einem russischen Soldaten. Und der Meister ließ ihn in Ruhe, wusste er doch, dass der junge Mann russischer Staatsbesitz war. Sich mit einem Fürsten und Generalfeldmarschall anlegen, das traute er sich nun doch nicht.

Anderntags gravierte Eugen die Seriennummern (ohne die beiden letzten Ziffern), den Nennwert des Geldscheins in Großbuchstaben und Ziffern sowie die Geldanweisung, die aus einem Satz bestand, mit spezieller Tusche auf die Druckplatte. Dann ätzte er den Stein, druckte das Gezeichnete mit der Reibepresse präzise über das Wasserzeichen und ergänzte die beiden letzten Ziffern der Seriennummer mit sicherer Hand. So könnte er hundert falsche Fünfzig-Rubel-Scheine mit fortlaufender Seriennummer herstellen. Insgesamt fünftausend Rubel, ein Vermögen. Mehr sollten es auf keinen Fall werden.

Mit der Lupe prüfte er Wasserzeichen und Aufdruck der ersten drei Scheine. Er war sehr zufrieden. Jetzt fehlten nur noch die beiden Prägestempel.

Eugen ging in seinem Atelier auf und ab und dachte nach. Dann, die Lichtpause der Stempel vor sich, zeichnete er den Adler auf der Kanonenkugel und die Umschrift seitenverkehrt auf eine polierte Marmorplatte und ritzte die Linien und Schraffuren. Schließlich legte er die bedruckten Scheine mit der Vorderseite präzise auf die Prägevorlage und drückte Motiv und Umschrift mit der Spitze eines Falzbeins durchs Papier.

Dann ritzte er den zweiten Stempel und versah die drei Scheine mit der noch fehlenden zweiten Prägung.

»Und woher nehme ich die schwarze Tinte?«, murmelte Eugen vor sich hin. Er wusste, wie man sie herstellt: zerstoßene Galläpfel, Vitriol und Weinessig aufkochen, arabischen Gummi einrühren und dann ein paar Tage in verschlossener Glasflasche ziehen lassen.

Doch diese Zeit hatte er nicht mehr, auch besaß er keine Schreibfeder. Darum sinnierte er lange und rannte schließlich zum Schulmeister, der um die Ecke wohnte.

Ihn bat er um ein kleines Fläschchen schwarzer Tinte und zwei neue Schreibfedern. Für zwanzig Kreuzer bekam er das Gewünschte.

Den nächsten Tag arbeitete er wie besessen. Großes Finale. Er lithografierte, druckte, signierte und prüfte, prüfte und prüfte. Dann warf er die Feder in die Schale auf dem Tisch und ließ sich auf den Boden fallen, erschöpft, abgekämpft, aber glücklich. Jetzt war er wirklich reich.

»Odessa, ich komme!«, rief er, trat vor die Tür seines Ateliers und wiederholte seine Worte auf Russisch. Der Wachposten, dem man inzwischen ein Sofa zum Ausruhen hingestellt hatte, lachte.

*

Eugen wollte das Haus durch die Vordertür verlassen, doch die Hausherrin stand auf der Herrschaftstreppe und sah ihn bittend an.

»Sag, Eugen, wie soll's jetzt weitergehen? Du kannst doch meinem Mann nicht ständig davonlaufen.« Und leise, mit einem prüfenden Blick zum Wachposten vor der Tür des Ateliers, fügte sie an: »Und ich brauche dich.«

»Ich muss machen, was die Russen befehlen«, verteidigte er sich.

»Und was befehlen die Russen?«

»Dein Mann weiß es doch. Hat er dir nichts gesagt?«

Die junge Frau tat so, als wüsste sie von nichts.

»Ich muss in ein paar Tagen nach Russland. Befehl des Generalfeldmarschalls Fürst Wolkonski. Protestieren ist zwecklos.«

»Und was wird aus mir?«, flüsterte Mathilde Becker.

»Wir hätten hier sowieso keine Zukunft.«

Sie schmollte und zog eine Schnute. »Und wenn du mich mitnimmst?«

Er lachte. »Ohne Papiere kommst du über keine Grenze. Also schlag dir das aus dem Kopf.«

»Mein Wilhelm geht heute Abend ins Wirtshaus, dann kommst du zu mir. Versprochen?« Sie trat ganz dicht an ihn heran: »Ich wünsch mir so sehr ein Kind. Bitte, Eugen, mach mir ein Kind. Dann habe ich wenigstens ein Andenken an dich.«

Eugen grinste. Er nickte und wollte schon gehen, da fiel ihm ein: »Der Fürst will, dass ich mir vor der Abreise schöne Kleider kaufe.« Das war zwar gelogen, aber Eugen fiel auf die Schnelle nichts anderes ein.

»Neue oder gebrauchte?«

»Für neue Kleider fehlt mir das Geld und die Zeit.« Er trat einen Schritt an sie heran. »Weißt du, wo ich etwas gut Erhaltenes kaufen könnte?«

Die Meisterin kaufte gern ein, das war ihre große Leidenschaft. Deshalb wusste sie Rat: »Neben der Nicolaikirche ist ein Altgewander, der verkauft alles, vom Unterhemd bis zum Mantel. Am Kiliansplatz findest du Hutmacher, Schuhmacher und Handschuhmacher, die haben auch Gebrauchtes. Und vor dem Brückentor ist eine Näherin, die arbeitet schnell und gut und hat auch das eine oder andere abgelegte Stück.«

Eugen bedankte sich und machte sich auf den Weg. Nach drei Stunden kam er wieder, ein großes Bündel unter dem Arm, und verzog sich in sein Atelier. Dort schlüpfte er in die erworbenen Stücke. Beim Altgewander hatte er die Kleider eines jungen Engländers erstanden, der neulich in den Neckar gestolpert und ertrunken war, als er nachts betrunken am Fluss entlanggetorkelt war: eine enganliegende gelbe Hose, ein weißes Hemd, eine grüne Weste und eine braune doppelreihige Tweedjacke. Am Kiliansplatz hatte er halbhohe schwarze Stiefel, einen schwarzen Zylinder und gelbe Handschuhe erworben und bei der Näherin eine weiße Halsbinde gekauft. Sie hatte ihm überdies versprochen, bis übermorgen einen rot gefütterten braunen Überzieher mit aufgesetztem rotem Schultercape zu fertigen.

Eugen öffnete das Fenster und stellte die Fensterflügel so gegeneinander, dass er sich in den Scheiben bewundern konnte. Ein junger Mann mit einer interessanten Silhouette schaute ihn an, nach der neuesten Mode der Engländer gekleidet.

Jetzt endlich zeigte er sich standesgemäß, denn Zeichner und Lithografen galten als gut bezahlte Experten und sollten darum selbstsicher auftreten. Sogar bei der Arbeit trugen die meisten Kollegen einen schwarzen Zylinder.

Eugen drehte sich voller Selbstbewusstsein in dieser Stunde der einsetzenden Abendröte hin und her. Es brodelte in seiner Seele. Ja, so entsprach sein Aussehen seiner eigenen Vorstellung. Er sah aus wie ein Gentleman von Adel, schlank und hochgewachsen, die blonden Locken lugten unter dem Zylinder hervor. Er straffte sich und prüfte jedes Detail, als würde er eine unbekannte Ware auf dem Markt kaufen.

In diesem Augenblick ging draußen der Deutsch sprechende Ordonnanzoffizier vorbei, blieb abrupt stehen und schaute verwundert auf den jungen Mann.

»Sehr schön! Steht Ihnen gut! Sie bereiten sich auf die lange Reise vor?«

»Morgen muss ich noch eine kolorierte Zeichnung für den Zaren fertig machen, Herr Oberstleutnant. Dann packe ich meine sieben Sachen.«

»Kommen Sie bitte morgen Abend um sechs zu mir.«

Der Offizier grüßte militärisch und schritt über den gepflasterten Markplatz davon. Seine Tritte hallten in der einsetzenden Dämmerung.

Und als gleich danach auch der Meister das Haus verließ, erinnerte sich Eugen an sein Versprechen, verließ sein Atelier durch die hintere Tür und stieg die Dienstbotentreppe in den ersten Stock hinauf. Die junge Mathilde Becker erwartete ihn schon im Bett. Sogleich machte sich der junge Mann ans Werk, bis sein Zorn auf den Meister verraucht war.

Am nächsten Tag kolorierte Eugen die Lithografie, die Zar Alexander hoch zu Ross zeigte. Um halb sechs zog er seine neuen Kleider an, setzte den Zylinder auf und stiefelte über den Marktplatz. Er meldete sich bei der russischen Wache. Sofort wurde er zum Ordonnanzoffizier geführt, der zu Eugens Verwunderung nicht allein war.

»Das ist Ihr Reisebegleiter«, stellte der Oberstleutnant den anderen Uniformierten vor. »Aleksej Grigorij Kuznetsow ist Leutnant beim Fuhrwesen-Korps unserer Armee. Morgen Vormittag kommt er mit drei Soldaten zu Ihnen. Die nageln Transportkisten für alles, was in Ihrem Atelier ist.«

Eugen bedankte sich und überreichte sein Werk. Der Ordonnanzoffizier legte es auf den Tisch und studierte es genau. Als er sich aufrichtete, strahlte er.

»Ich bringe Ihr Bild gleich zum Generalfeldmarschall. Er trifft sich zum Abendessen mit Seiner Majestät.«

Eugen verbeugte sich und wollte etwas sagen, doch der Oberstleutnant fiel ihm ins Wort: »Leider bin ich in Eile. Leutnant Kuznetsow bringt Sie in mein Sekretariat. Dort bekommen Sie Ihre Reisepapiere.« Er gab Eugen die Hand. »Gute Reise.«

Reise ans Schwarze Meer

Leutnant Aleksej Grigorij Kuznetsow war ein umsichtiger Trainoffizier. Er saß in Fahrtrichtung in einer bequemen, gut gefederten Militär-Kalesche mit Klappverdeck, das der Kutscher bei Regen und starkem Wind hochklappen konnte. Ihm gegenüber döste Eugen, mit dem Rücken zum Kutscher. Es war sonnig und warm.

Kuznetsow schaute immer wieder zurück, denn Eugens Gerätschaften lagen, wohl verwahrt, auf einem Packwagen, der direkt hinter der Kutsche fuhr. Dahinter folgte eine Kolonne von schwer beladenen Fahrzeugen und Packtieren. Der letzte Wagen war der Rüst- und Werkzeugwagen, voll beladen mit Werkzeugen und allerlei Ersatzteilen bis hin zu zwei Achsen und vier Rädern, damit man im Notfall schnell Abhilfe schaffen konnte. Die Nachhut bildete ein Trupp bewaffneter russischer Reiter.

Kuznetsows Leute, Spezialisten für Aufladen, Transport und Abladen von allerlei Waren, hatten sich auch als Fachmänner fürs Verpacken erwiesen. Unter Eugens Aufsicht hatten sie die kostbaren Papierbogen und die fertigen Bilder aufgerollt, in hartes Papier gewickelt und in Fässern verstaut. Und in diese Fässer hatte Eugen in einem unbeobachteten Augenblick sein ganzes Geld, in kleine Tücher gewickelt, versenkt. In einem Fass, das Eugen heimlich markiert hatte, befand sich jenes weiße dünne Papier mit der feinen Maserung wie bei den Fünfzig-Rubel-Scheinen. Er hatte kurz vor der Abreise beim

Papier- und Walkmüller tausend Bogen im deutschen Großelefantformat gekauft, denn ihm war nachts blitzartig der Gedanke gekommen, dass vermutlich kein Russe die neue Lithografierkunst kannte und demzufolge auch kein Direktor der russischen Assignationsbank auch nur ahnte, dass man damit Rubel fälschen könnte. Bis sich das änderte, ließen sich ohne jedes Risiko Rubelscheine herstellen, so viele wie man wollte. Alle übrigen Gerätschaften und die fertigen Druckplatten aus Eugens Werkstatt waren in Holzkisten verstaut, die wertvolleren Stücke in Ölpapier eingeschlagen worden.

Der Deutsch sprechende Ordonnanzoffizier hatte Leutnant Kuznetsow bei der Abfahrt in Heilbronn eingeschärft, dass der Künstler und seine Materialkisten und Fässer keinesfalls auf der Donau transportiert werden dürften, denn zu oft verunglückten die Flöße und Schiffe oder fielen Räubern in die Hände. Wo immer möglich, sollten sie den Landweg nehmen. Und der Leutnant sei persönlich für die Unversehrtheit seines Begleiters verantwortlich. Allenfalls in sicheren Gegenden dürfe er den Künstler einen oder zwei Tage dem Train mit der Postkutsche vorausfahren lassen, wenn der sich die eine oder andere Stadt anschauen wolle. Aber auch dann nur in Begleitung eines erfahrenen Soldaten.

Am ersten Tag, sie waren auf der Straßburger Route von Heilbronn über Ansbach und Nürnberg nach Regensburg unterwegs, hockten sie sich eher schweigend gegenüber, der Offizier und sein Schützling, beäugten sich und genossen die vorüberziehende Landschaft. Kuznetsow war in den frühen Dreißigern, hatte ein freundliches Gesicht, dunkelbraune, lockige Haare und dunkle Augen. Er kannte die Strecke von zahlreichen Reisen von und nach Russland. Für Eugen war alles neu, die Straße, die Wagenkolonne, die Rasthäuser, die Städte und Dörfer und die Berge und Täler. Er trug seine Alltagskleidung, die vornehme englische Garderobe war in einer kleinen Reisetruhe verwahrt, die ihm Kuznetsow besorgt hatte.

Dann aber taute der Leutnant auf, zeigte sich redselig und gesellig, erzählte Geschichten, machte Späße und freute sich, seine ungewöhnlichsten Erlebnisse schildern zu können. Eugen hörte zu, blieb abwartend, deutete seine russische Herkunft an und schwärmte von seiner Leidenschaft fürs Malen und Zeichnen.

»Freut mich, dass du auch ein Russe bist.« Kuznetsow lachte befreit auf. »Ich bin ein Kosak und komme aus dem Ural.«

Sie sangen russische Lieder, tranken Brüderschaft und nahmen zufrieden wahr, dass sie zügig vorankamen. Die gut ausgebauten Chausseen, mit Steinen und Kies befestigt, wurden ständig gewartet, waren breit und wiesen keine großen Steigungen und Gefälle auf. Sogar die Schnellpost benützte diese Straßen. Deshalb musste die Kolonne immer wieder scharf rechts fahren, wenn Extra-Kaleschen vorbeirasten, von vier Pferden gezogen.

Am dritten Tag lief eine schwarze Katze von rechts über die Chaussee. Kuznetsow wurde kreidebleich.

»Bist du abergläubisch, Aleksej Grigorij?«, fragte Eugen.

Kuznetsow nickte, schluckte und verriet: »An Wochentagen, die mit M beginnen, darfst du keinen Fisch essen, sonst erstickst du an den Gräten. Und du darfst dich nie auf einen blauen Stuhl setzen und Obst essen. Sonst fällst du vom Stuhl und bist mausetot.«

»Warum?«

»Ist halt so! Vorherbestimmung!«

»An Wochentagen mit S habe ich immer Kopfweh, wenn ich kein Wiener Schnitzel mit Bratkartoffeln kriege. Ist das auch Vorherbestimmung?«

Kuznetsow sah seinen Begleiter misstrauisch an. »Wiener Schnitzel, was ist das?«

»Paniertes, gebratenes Kalbfleisch. Haben die Österreicher den Italienern abgeschaut.«

Kuznetsow schwieg. Eugen plagte das Gefühl, der Offizier könnte beleidigt sein. Darum entnahm er seiner Umhängetasche Papier und Stift und skizzierte die liebliche Gegend, die stolzen Pferde vor der Kutsche und vor allem Kuznetsow, wie er in den Polstern saß und sinnierte. Dann kolorierte er die Skizzen mit den drei Grundfarben Rot, Gelb und Blau und schenkte das Bild seinem Reisegefährten. Der bedankte sich überschwänglich. Ein eigenes Porträt! Nur die ganz reichen Russen besaßen so etwas.

Der Treck sollte täglich acht Poststunden vorankommen. Das war Kuznetsows Plan. Als erfahrener Trainoffizier kannte er die Strecke, die bis Regensburg durch verschiedene Täler und ab Regensburg entlang der Donau führte. Nach jeder Poststunde, am Straßenrand mit einer Stundensäule markiert, studierte er die amtliche Karte der Postroute, blickte zum Himmel auf, schätzte die Uhrzeit ab und nickte zufrieden. An jeder vierten Stundensäule lud eine Poststation mit Gasthaus zur Rast ein. Dort ließ er die Pferde ausspannen, füttern und tränken. Nach gut einer Stunde ging es weiter. Und vor jeder zweiten Poststation, nach etwa acht bis neun Stunden reiner Reisezeit, befahl er dem Kutscher, das Horn zu blasen und die Ankunft der Kolonne zu melden.

Obwohl Eugen ein kleines Vermögen in gefälschten Rubelscheinen in seiner Reibepresse versteckt hatte und eine mit Silbermünzen gut gefüllte Geldkatze in seiner Reisetruhe lag, mimte er den armen Mann. Kuznetsow tröstete, er habe etliche Geldanweisungen für ihn in Verwahrung, die er ihm aber erst in Russland übergeben dürfe. Bis dahin sei er gehalten, für Eugen großzügig zu sorgen. Und das tat er auch.

Die Sonne strahlte vom blauen Himmel. Die gut gefederte Militär-Kalesche wiegte sich im gleichförmigen Rhythmus der Fahrt. Sonne, Wärme und die malmende Musik der eisenbeschlagenen Räder wiegten Eugen in den Schlaf. Er begann zu träumen.

Er träumte von seiner Zeit in München und seinem unsoliden Leben. Tagsüber besuchte er die neue Lithografie-Schule und vertiefte sich ins Lernen. Doch abends und nachts war er den Lockrufen einer liebeshungrigen Fünfzigjährigen erlegen.

Er sah sich im Traum, wie er im Haus eines reichen Tuchhändlers in einer kleinen Dachkammer hauste, morgens und abends schwarzen Tee trank und sich hauptsächlich von Brot und Marmelade ernährte, denn er musste sparen. Er war sehr jung, sehr unerfahren und sehr wissbegierig. Eines Abends, der Hausherr weilte seit Tagen auf einer Geschäftsreise, kam er müde von der Kunstschule heim. Er betrat seine Stube und erstarrte. Vor ihm räkelte sich die Hausherrin auf seinem Bett. Splitterfasernackt! Bevor er etwas sagen oder reagieren konnte, zog sie ihn zu sich herab, küsste, umarmte und umgarnte ihn, bis er fühlte, was er bisher noch nie gefühlt hatte: heftiges Begehren.

Dieses Rendezvous war nicht das letzte. Kaum war der Gatte außer Haus, tischte sie ihrem Liebhaber die herrlichsten Speisen und Getränke auf und lud ihn zum Schäferstündchen ein, denn Eugen sei, wie sie oft betonte, ein hübscher Junge, der ihre Sinne reize. Dass er gute Manieren hatte, das wusste er wohl, aber dass er auch attraktiv sei, das hatte ihm vorher noch niemand gesagt. Sie hatte einen Narren an ihm gefressen, staffierte ihn aus, kleidete ihn adrett und steckte ihm Silbergulden in die Tasche. Er musste dafür versprechen, ihr regelmäßig zu Diensten zu sein.

Von einem Tag auf den anderen führte er ein Leben in Saus und Braus und lebte wie die Made im Speck. Der biedere Junge vom Land verwandelte sich in einen leichtlebigen Luftikus und übermütigen Pfiffikus. Gerissen wie ein Fuchs und ausgebufft wie ein Filou spielte er mit den Gefühlen der Liebestollen und nahm sie aus wie eine Weihnachtsgans. Sie war ihm total verfallen und erfüllte ihm jeden Wunsch. Doch leider loderte ihre Liebesglut selbst dann, wenn ihr Mann zuhause war. Wo Eugen auch war, sie warf ihm feurige Blicke zu. Das konnte ihrem Mann nicht verborgen bleiben.

Der Tuchhändler wurde misstrauisch und sann auf Rache.

Eugen durchlitt im Traum wieder das Fracksausen, als er um sein Leben fürchtete. Und er sah sich beim Packen seiner sieben Sachen zu. Als er das Abschlusszeugnis der Kunstschule in Händen hielt, rannte er heim, schloss sich in seiner Kammer ein und stellte sich schlafend. Kaum kehrte Stille im Haus ein, schlich er sich ins Freie und nahm Reißaus. Gut ausstaffiert und mit praller Geldbörse wanderte er nach Westen und kam ins jüngst erschaffene Königreich Württemberg. Sechs Wochen später erreichte er Heilbronn. Auf dem Marktplatz sah er das stattliche Haus eines Buchdruckers und fragte nach Arbeit. Der Meister begrüßte ihn höflich distanziert, seine Frau, noch reichlich jung, strahlte übers ganze Gesicht und zwinkerte ihm neckisch zu. Das Ehepaar war kinderlos, und Eugen roch den Braten.

Der Meister hatte schon von der neuen Kunst der Lithografie gehört und wusste, dass man damit viel Geld verdienen konnte, ließen sich doch bunte Bilder in großer Auflage drucken, die reißenden Absatz fanden.

Und er wusste, dass die Lithografen Geheimbündler waren, die sich nicht in die Karten schauen ließen. Als Eugen nun an seine Tür klopfte und sagte, er sei Zeichner und Lithograf, umschmeichelte ihn der Meister so lange, bis der junge Mann einwilligte, in Heilbronn zu bleiben, zumindest eine Zeit lang.

»Wir sind da!« Kuznetsow rüttelte Eugen wach. »Du musst schöne und auch schreckliche Träume gehabt haben, denn du hast im Schlaf gelacht und Grimassen gemacht. Geht's dir gut?«, fragte er besorgt.

»Musst dir keine Sorgen machen«, sagte Eugen, stieg vom Wagen und trottete dem Offizier hinterher, noch ganz gefangen in seinen Träumen. Es dürfte von Vorteil sein, resümierte er seine Münchner und Heilbronner Erfahrungen, möglichst wenig über sich preiszugeben und stets auf eine günstige Stunde zu hoffen. Je weniger die Leute über ihn wüssten, umso größere Spielräume würden sich ihm eröffnen.

Sie waren in Stein bei Nürnberg. Während die Bagagesoldaten die Tiere versorgten, ein Biwak aufschlugen und zu Abend aßen, betraten die beiden Herren die Poststation. Der Postwirt begrüßte Kuznetsow überschwänglich, denn Alexej war allen Postwirten auf seiner Route bekannt. Überall war er ein gern gesehener Gast und wurde zuvorkommend bedient, was auch seinem Schützling zugutekam.

Sie speisten ausgiebig, tranken in Maßen und plauderten. Eugen aber achtete darauf, alles Persönliche für sich zu behalten. Zur Freude Kuznetsows mimte er den ausgeschlafenen und fidelen Reisegenossen.

Dann spazierten sie am Rednitzufer entlang, setzten sich auf eine Bank und sahen den Schwänen zu, die auf dem grauen Wasser majestätisch an ihnen vorüberglitten.

»Was ist eigentlich so wertvoll an deinem Zeug, das wir nach Russland bringen müssen?«, wollte Kuznetsow wissen.

»Nichts!« Eugen warf einen Stein in den Fluss und

schaute den konzentrischen Kreisen zu, die sich auf dem Wasser bildeten. »Das Zeug, allerlei Papier, Farben und Druckpressen, ist nicht besonders wertvoll, lieber Alexej. Aber was man mit dem Zeug machen kann, das ist wertvoll.«

»Und du, Eugen, kannst das?«

»Du hast doch selbst gesehen, dass ich Land und Leute, Tiere und Pflanzen malen kann.« Er erzählte von der Kunst des Zeichnens und Malens und ihren Möglichkeiten, das Leben schöner zu gestalten.

Kuznetsow pfiff anerkennend. »Verstehe! Dein Kopf ist ein Vermögen wert! Darum ist der Generalfeldmarschall so besorgt, dass du heil in Russland ankommst.«

*

Sie kamen nach Regensburg. Und von dort folgten sie dem alten Postkurs über Passau, Linz, Melk und St. Pölten nach Wien.

Auf dieser Strecke erfuhr Eugen viel über die russische Armee im Allgemeinen und den Zaren im Besonderen. Der Leutnant schwärmte vom russischen Kaiser und dessen Ausstrahlungskraft. Alexander I. sei der mächtigste Mann der Welt, betonte Kuznetsow mehrfach. Der Lieblingsenkel Katharinas der Großen herrsche über das drittgrößte Reich der Weltgeschichte, das mache ihn als russischen Offizier stolz und glücklich. Dass sogar die Grande Armée Napoleons in der Schlacht an der Beresina und ein zweites Mal, unterstützt von Preußen, Österreichern und Schweden, in der Völkerschlacht bei

Leipzig geschlagen wurde, freute Kuznetsow diebisch. Zwar sei Napoleon, dieser selbstbewusste, erfolgsverwöhnte Emporkömmling, gerade aus seinem Exil auf Elba ausgebüxt, werde aber schon bald wieder eingefangen. »Hängen sollte man den Kerl!«, schimpfte Kuznetsow.

Eugen sah ihn fragend an.

»Du kannst dir nicht vorstellen, mit welcher Überheblichkeit der Franzosenkaiser ans Werk ging.«

»Erzähl's mir bitte.«

»Mit Übermacht wollte Napoleon vor drei Jahren unsere Armee in einem kurzen Feldzug vernichtend schlagen und dann dem Zaren die Friedensbedingungen diktieren. Übers Baltikum ist er in Russland einmarschiert. Doch je weiter er nach Osten vordrang, umso offensichtlicher wurde, dass er die Weite der russischen Steppen, die vielen Seen und Sümpfe und die Versorgung seiner eigenen Soldaten und ihres Gefolges unterschätzt hatte. Statt glorreiche Siege zu feiern, litten alle unter Hitze, Staub, Dreck, Strapazen, Hunger, Durst, Gewalt und Tod. Es mangelte vor allem gewaltig an Nachschub.«

»Versteh ich nicht.«

»Die Grande Armée bestand aus einer halben Million Soldaten – Franzosen, Deutsche, Polen, Österreicher, Italiener, Schweizer, Holländer, Spanier und Portugiesen. Und den Soldaten folgte ein schier endloser Tross.«

»Schier endlos? Wie muss ich mir das vorstellen?«

»Pferde, Esel und Maultiere, Kutschen, Nachschubbagagen, Munitionskarren, Sanitätswagen, Feldküchen und Brückengerät, Diener und Burschen der Offiziere, Kutscher, Feldgeistliche, Büchsenmacher, Schmiede, Sattler, Gürtler …«, Kuznetsow schnappte nach Luft, »… Wagenbauer, Bäcker, Metzger, Bierbrauer, Händler und Marketenderinnen, Kurpfuscher und Quacksalber, Abenteurer und Glücksritter, Ehefrauen, Geliebte und Prostituierte. Insgesamt nochmals hunderttausend Menschen.«

»Das muss ja ein endloser Bandwurm gewesen sein«, lachte Eugen.

Kuznetsow nickte. »Armee und Tross zusammen brauchten täglich hunderttausend Pfund Brot, zehntausend Pfund Fleisch und Tonnen von Futter für die Tiere.«

»Und was macht die russische Armee anders?«, wollte Eugen wissen.

»Zwar umfasst auch unsere Armee rund fünfhunderttausend Infanteristen, Kavalleristen und Pioniere, aber unsere Streitmacht marschiert getrennt auf verschiedenen Routen durch Europa. Und unser Tross besteht – alles zusammengerechnet – nur aus zwölfhundert Feldpopen und Ärzten sowie etlichen Handwerkern. Wir versorgen uns aus der Bevölkerung, wo wir gerade sind. Wir plündern nicht, wir bezahlen gut und bar, was wir brauchen. Deshalb leidet niemand unter unseren Soldaten, alle verdienen an uns. Das macht den Unterschied.«

»Und welcher Wagen in unserer Kolonne ist der mit den Silberrubeln?«

»Gell, das wüsstest du gern«, lachte Kuznetsow. Und erklärend fügte er hinzu: »Seit Katharina der Großen zahlen wir nicht mehr mit Silberrubeln, sondern mit Papiergeld. Weißt du das nicht?«

»Doch! Aber für unterwegs braucht ihr doch das Geld der Staaten, durch die ihr marschiert.«

»Seit Jahren sind wir in ganz Europa unterwegs und zahlen mit Papierrubeln. Der Zar hat mit den Regierungen vereinbart, dass die Leute, bei denen wir in Württemberg, Bayern, Österreich oder sonst wo einkaufen, unser Papiergeld problemlos gegen ihre Landeswährung eintauschen können.«

Eugen nickte anerkennend. »Und was, wenn nicht Silber und Gold, ist dann so wertvoll, dass du es nach Russland bringen musst?«

»Post vor allem, dienstliche und private. Und viel Gepäck der Offiziere: Geschenke für ihre Familien und so. Ich fahre regelmäßig nach Odessa und zurück, und ein zweiter Train bedient die Nordroute über Preußen nach Moskau und St. Petersburg. Und auf dem Rückweg nehme ich wieder Post mit, neue Uniformen für die Offiziere und allerlei militärisches Gerät.«

*

In der Wachau, hinter Kemmelbach an der Ybbs, verfinsterte sich der Himmel. Schwarze Wolkenberge türmten sich über ihnen auf. Der Wind wurde zum Orkan. Blitze erhellten das gespenstische Panorama. Donner folgte auf Donner. Und dann regnete es, nein, es goss wie aus Kübeln.

»Absitzen!«, befahl Kuznetsow. »Immer zwei Mann halten ein Pferd!« Zu spät. Zwei Gespanne nahmen Reißaus. Die beiden Kutschen blieben jedoch nach wenigen Metern im Morast stecken. Das Zaumzeug riss, die Pferde rannten davon, bis sie in der Ferne stehen blieben. Die Soldaten hatten alle Mühe, die anderen Rösser zu bändigen. Kniehoch stand die Straße schon unter Wasser.

Fassungslos starrte Kuznetsow auf die Wassermassen, die seinen Train einschlossen. Dann gab er sich einen Ruck, warf einen Blick auf seine Karte und berief die Unteroffiziere zu sich: »In etwa einer Stunde Entfernung ist die Poststation in Melk. Wahrscheinlich sind die Donau und ihre beiden Seitenflüsse längst über die Ufer getreten, aber Melk liegt erhöht, vielleicht auch die Poststation. Also könnten wir uns dorthin retten.«

Er gab Befehl, die Pferde am kurzen Halfter zu führen und im Schritttempo auf der Straßenmitte weiterzufahren. Er selbst werde vorausreiten und Verstärkung holen.

Kuznetsow ließ zwei zuverlässige Pferde satteln. »Traust du dich?«, fragte er Eugen, und als der zustimmend nickte, saßen sie auf und kämpften sich im strömenden Regen durch die Wassermassen nach Melk. Ringsum ein schier endloser See. Die Donau und ihre Nebenflüsse Melk und Pielach waren über die Ufer getreten.

Sie kamen nur im Schritt vorwärts. Dann, endlich, linker Hand die Schiffslände von Melk, auch sie überflutet. Durchs Linzer Tor ins Städtchen hinein. Vorbei am Gasthaus zum Weißen Lamm auf der rechten und am Salzamt auf der linken Seite erreichten sie, triefend nass, die prächtige Poststation mit ihrer stuckverzierten Fassade und dem großen Kuppeldach. Gasthaus und Pferdestallungen standen nicht unter Wasser.

Der Postwirt trat aus der Haustür.

Kuznetsow kannte ihn und schilderte ihm mit wenigen Worten die missliche Lage seiner Leute.

»Weltuntergang«, sagte der Wirt gallenbitter. »In den nächsten Tagen wird kein Fremder mein Gasthaus erreichen. Also können Sie und Ihre Leute bleiben, so lange Sie wollen. Herzlich willkommen! Gasthaus, Scheune und Stall stehen Ihnen zur Verfügung.«

»Wie viele Pferde haben Sie?«, fragte Kuznetsow.

»Zehn.«

Der Postwirt rief vier Knechte herbei, wies sie an, Zaumzeug und Zuggeschirr zu holen und die Befehle des Offiziers zu befolgen.

Kurze Zeit später ritten die fünf Männer dem Train entgegen, die zehn reiterlosen Pferde am langen Zügel neben sich, während der Wirt seine Mägde anwies, in der Scheune ein Strohlager für die bald eintreffenden Soldaten herzurichten. Dann führte er Eugen in die Schankstube, kredenzte seinem Gast und sich selbst einen Muskateller und musterte den Ankömmling aus den Augenwinkeln.

»Sie waren schon mal hier?«, fragte der Wirt.

Eugen verneinte.

»Aber Sie sind doch Russe!?«

Eugen nickte.

»Merkwürdig«, sagte der Wirt. »Ich hätte schwören können …« Er sah Eugen verstohlen von der Seite an und schwieg ein Weilchen.

Dann sagte er: »Vorgestern habe ich einen seltsamen Kauz beherbergt, gekleidet wie ein Wahrsager auf dem

Jahrmarkt und ausgerüstet mit Geräten, die ich noch nie gesehen habe. Er kam mit der Schnellpost. Und abends beim Wein erzählte er, vor drei Jahren habe ein hoher Berg auf der anderen Seite der Erde gebrannt. Das muss man sich einmal vorstellen: ein Berg brennt! Unglaublich! Und vor drei Monaten sei dieser hohe Berg explodiert. Pfft! Weg! Von jetzt auf gleich! Tausende Meilen weit habe man die Explosion gehört. Flammen hätten den Himmel blutrot gefärbt. Aschewolken seien bis zu den Sternen aufgestiegen. Eine Woche lang sei es stockdunkel gewesen. Dann habe es geregnet. Nicht Wasser! Glühende Asche! Über dem Ozean und auf allen angrenzenden Ländern sei ein dichter Ascheregen niedergegangen. Es sei so heiß gewesen, dass die Steine geschmolzen und wie Brei über Berge und Täler geflossen seien und alles verschluckt hätten. Tagelang habe es bestialisch nach Schwefel und Salpeter gestunken. Und dann der Regen. Erst habe es nur gewittert und geregnet, dann sei immer mehr Wasser vom Himmel geschossen, und am Schluss sei es eine Sintflut gewesen. Und dieses Unheil, habe der Kauz prophezeit, komme bald auch zu uns. Die Sonne werde sich verfinstern, es werde sintflutartig regnen, und die Ernte werde auf dem Feld verfaulen.«

Der Wirt nahm einen Schluck aus seinem Glas, bevor er fortfuhr: »Und dann hat der Fremde die Hände gen Himmel gereckt und gerufen: Wehe den Menschen! Sie werden vor Hunger sterben. Am anderen Morgen war der Mann verschwunden. Geld für Kost und Logis hat er auf dem Schanktisch hinterlassen. Und nun regnet es wie in der Sintflut.«

Der Wirt sah Eugen in die Augen. »Zufall? Was meinen Sie?«

Eugen zuckte die Achseln. »Da explodiert ein Berg auf der anderen Seite der Erde, und deshalb soll es hier eine Katastrophe geben? Ich weiß nicht recht.«

Nachdenklich sagte der Wirt: »Der seltsame Kauz war nicht der Erste, der über Ascheregen, Sonnenfinsternis und Sintflut berichtet hat. Vorletzte Woche ist hier ein Reisender aus dem Orient gewesen, der hat Ähnliches gesagt und gewarnt.«

Sie hingen ihren Gedanken nach, bis das Horn den Wagenzug ankündigte. Sie eilten vors Haus und sahen Kuznetsow, hoch zu Ross, und hinter ihm Pferde, Kutschen, Wagen und Soldaten.

*

Am fünften Tag hörte der Regen auf. Die Altstadt von Melk stand wie auf einer Warft im Meer, von Wassermassen eingeschlossen. Hoch über dem Ort thronte auf einem Felsmassiv das historische Benediktinerstift Melk. Die mit Goldstatuen verzierte Stiftskirche samt grüner Kuppel überragte die mehrstöckigen umlaufenden Gebäude.

Unausgesprochen war allen klar, dass die Wagenkolonne hier so lange bleiben musste, bis das Wasser wieder versickert und die gröbsten Schäden auf der Postroute beseitigt waren. Eugen malte und zeichnete viel, während Kuznetsow seine Männer mit allerlei Reparaturarbeiten beschäftigte: Uniform waschen, Stiefel neu besohlen, Zaumzeug der Pferde ausbessern, Wagenräder inspizieren, schmieren und Schäden reparieren.

Ursprünglich sollten seine Leute diese Arbeiten in Wien erledigen und dort mindestens eine Woche bleiben. Um verlorene Zeit hereinzuholen, entschied Kuznetsow, den Aufenthalt in Wien auf zwei Tage zu verkürzen.

Darum wollte er seinem Schützling hier etwas bieten: »Napoleon hat gesagt, er habe noch nie ein schöneres Gebäude als Stift Melk gesehen. Kommst du mit?«

Eugen stimmte freudig zu.

Sie stiegen hinauf. Das Kloster war weitläufig. Wo anfangen?

Ein Benediktinermönch ging vorbei.

»Ohne Führung kommen wir hier nicht zurecht«, sagte Kuznetsow. »Du kannst doch besser Deutsch als ich. Frag ihn mal, ob wir gegen Geld durch die Anlage geführt werden könnten.«

Der Mönch blieb stehen und meinte auf Russisch: »Es ist zehn Jahre her, da waren sechsunddreißigtausend russische Soldaten und viertausendsechshundert russische Kavalleristen im Städtchen einquartiert. Die Offiziere und Generäle wohnten bei uns im Stift. Damals habe ich eure Sprache erlernt, meine Herren, wenn auch nicht perfekt.« Er schlug seine Kapuze zurück. »Kommt! Ich zeig euch das Schönste hier oben.« Er warf Eugen einen prüfenden Blick zu. »Kann es sein, dass wir uns hier schon einmal begegnet sind?«

»Ihr täuscht euch, ehrwürdiger Bruder«, wehrte Eugen ab.

Der Mönch zog die Augenbrauen hoch und schüttelte

ungläubig den Kopf. Auf dem Weg zur Stiftskirche sagte er, Melk sei schon achthundert Jahre lang geistiges und kulturelles Zentrum. Die Anlage erstrecke sich in ostwestlicher Richtung über tausend Fuß lang, und der Südflügel, hoch über dem Städtchen aufragend, knapp achthundert Fuß, darin der prachtvolle Marmorsaal, den er später zeigen werde.

Sie betraten die Kirche, beugten die Knie und bekreuzigten sich. Kuznetsow und Eugen erschauderten.

Der Mönch lächelte. »Das geht allen so, wenn sie diese Pracht und Herrlichkeit sehen. Aber bedenkt, es ist ein Gotteshaus. Alles ist zum Ruhme des Allerhöchsten gemacht.«

Sie gingen im Mittelgang nach vorn, setzten sich in eine Bank und schauten sich um, betrachteten die Fresken in der Kuppel und schwiegen ergriffen.

Schließlich erhoben sie sich, und der Mönch sagte: »Diese Ausgestaltung ist erst hundert Jahre alt. Die bedeutendsten Meister ihrer Zeit waren beteiligt.« Er deutete nach links und rechts. »Der linke Seitenaltar enthält die Gebeine des heiligen Koloman, der rechte ist dem heiligen Benedikt geweiht. Und der Hochaltar zeigt das Martyrium der Apostel Petrus und Paulus.«

Sie kamen in einen riesigen Saal, ausgekleidet mit feinstem Marmor und Stuckmarmor. Auch hier barocke Deckenfresken und über den Türen Zitate aus der Regel des heiligen Benedikt.

»Diesen Prunkraum nennen wir den Marmorsaal«, sagte der Mönch. »Er dient als Speisesaal für vornehme Gäste sowie als Festsaal für allerlei Veranstaltungen.«

Sie schritten durch einen schier endlosen Korridor zu den Gäste- und Kaiserzimmern. An den Wänden Porträts der österreichischen Herrscher, in den Kaisergemächern prächtige Kachelöfen und barocker Stuck an den Decken.

Der Mönch erklärte: »Unsere berühmtesten Gäste waren Kaiser Karl VI., Kaiserin Maria Theresia und Napoleon.«

Sie traten ins Freie und standen auf einer großen Dachterrasse. Unter ihnen lagen das Städtchen und das Donautal, eine einzige Wasserwüste.

»Zum Abschluss führe ich euch in unsere Bibliothek, auf die wir besonders stolz sind.« Der Mönch geleitete sie auf der anderen Seite der Anlage in einen Prunksaal. Prachtregale voller Bücher, Fresken an der Decke und vier große Skulpturen neben den Türen. »Diese Figuren stellen die vier Fakultäten der Gelehrsamkeit dar: Theologie, Philosophie, Medizin und Jurisprudenz. Und die vier Engelsgruppen an der Decke symbolisieren die vier Kardinaltugenden: Klugheit, Gerechtigkeit, Tapferkeit und Mäßigung.«

Als der Mönch die beiden wieder an den Ausgangspunkt ihrer Führung brachte, fragte Kuznetsow: »Wie können wir uns erkenntlich zeigen?«

Der Klosterbruder machte eine abwehrende Geste. »Ich bitt euch, meine Herren! Es war mir eine große Ehre!« Und dann kam er noch einmal auf die russischen Truppen in Melk zurück: »Ich sagte schon, dass im Sommer 1805 viel russisches Militär in Melk und im Stift war. Als unser Kaiser Franz im September desselben Jahres Napoleon darüber unterrichtete, dass Russland und Österreich ihm feindlich gesonnen seien, beorderte der Franzosenkaiser seine Armee hierher. Die russischen Offiziere und Generäle zogen sich sofort aus dem Stift zurück. Wenig später kam Napoleon in einer achtspännigen Kutsche bei uns an und logierte im Kaiserzimmer, das ihr vorhin gesehen habt. Ganz in der Nähe, in den Donauauen bei Dürnstein, wurden die vereinigten russischen und österreichischen Heere vernichtend geschlagen. Viele russische Soldaten wurden gefangengenommen und hier im Stift eingesperrt, das jetzt einem französischen Kommandeur unterstand. Dieser Kommandeur ließ viele russische Gefangene erschießen. Wenig später brach in der Nordbastei des Stifts ein Feuer aus. Rund dreihundert russische Kriegsgefangene starben qualvoll in den Flammen. Ihre Schreie höre ich heute noch. Darum bin ich euch dankbar, dass ihr uns besucht habt.«

Er blickte Eugen noch einmal durchdringend an, dann verneigte er sich und ging seines Weges.

*

In der folgenden Woche betrat ein Mönch die Poststation und wurde vom Postwirt herzlich begrüßt. Sie setzten sich, tranken Wein und luden Eugen an ihren Tisch.

Bruder Bernhard, so hieß der Mönch, erklärte Eugen, er sei Benediktiner und lebe im Stift. Zweimal in der Woche diene er als Pfarrer in der Stadtpfarrkirche Mariä Himmelfahrt. Eugen erwiderte, er habe die spätgotische Staffelkirche in der Nähe der Posthalterei schon besichtigt.

»Dann hast du im Südschiff bestimmt auch schon die Maria-Hilf-Kapelle gesehen. Dort bin ich besonders gern beim Abendgottesdienst. Wusstest du, dass die Kapelle zum Dank für die Errettung aus der Türkennot erbaut worden ist?« Und als Eugen nickte, sagte Bruder Bernhard: »Komm übermorgen um sechs Uhr abends in die Kapelle. Ich bin auch da.«

Eugen nahm dankend an.

Merkwürdigerweise kam der Mönch jetzt auf die russischen Offiziere im Stift zu sprechen, mit denen er sich gern und oft unterhalten habe. Darunter seien blutjunge Männer dabei gewesen, die sich nach ihrer Heimat sehnten. Darunter ein Kavallerieleutnant, der in der Brandnacht im Stift schwerverletzt geborgen werden konnte und um den er sich besonders gekümmert habe.

Eugen bemerkte, dass ihm der Mönch prüfend ins Gesicht sah, als er das erzählte. Ihn beschlich ein unbehagliches Gefühl. Deshalb verabschiedete er sich rasch, als er Kuznetsow zur Tür hereinkommen sah.

»Komm!«, sagte der Trainoffizier. »Ich will mit meinen Leuten etwas besprechen. Wäre gut, wenn du dabei bist.«

Sie gingen in die Scheune. Dort saßen die russischen Männer auf Strohballen und warteten. Als Kuznetsow kam, standen sie stramm, bis ihnen ihr Offizier das Zeichen gab, sich zu setzen.

»Männer«, begann Kuznetsow, »wir müssen über unsere Route sprechen. Ihr wisst, Odessa ist unser Ziel. Und viele von euch waren mit mir schon etliche Male dort. Immer haben wir die Donauroute genommen. Doch heuer ist ein besonderes Jahr. Die Flüsse tragen mehr Wasser als in den Vorjahren. Ihr habt es selbst gesehen. Der Postwirt hat mit vielen Reisenden gesprochen. Die haben ihm bestätigt, dass die Donau gefährlicher ist als üblich. Vor allem da, wo Nebenflüsse sind. Und insbesondere die Strecke ab Galatz. Unter euch sind Männer, die haben mehr Erfahrung als ich. Wie ist eure Meinung?«

Ein grauhaariger, bärtiger Unteroffizier meldete sich zu Wort: »Ab Wien gibt's ja vier Routen. Die Donauroute von Wien donauabwärts über Pressburg nach Ungarn bis Galatz. Die Siebenbürger Route genau nach Osten über Szegedin, Hermannstadt, Kronstadt nach Galatz. Und dann noch zwei nördliche Routen über Galizien: Die neue Wiener Postroute Wien – Lemberg – Jassy in der Moldau. Und die ungarische Postroute Wien – Budapest – Lemberg – Jassy. Nach meiner Erfahrung sind die beiden nördlichen Routen schlechter als die beiden südlichen. Viele Schlaglöcher, oft knietiefer Morast auf den Straßen. Ich rate davon ab, Herr Leutnant.«

Ein alter Haudegen meinte: »Auch meine Erfahrung, Herr Leutnant. Die Straßen durch Galizien sind unsicher. Die österreichischen Postkutschen müssen von Soldaten eskortiert werden. Wir müssen uns zwar nicht vor den Räubern fürchten, aber sie könnten Straßenfallen bauen, um an unsere Ladung zu kommen.«

Kuznetsow machte ein nachdenkliches Gesicht. Die beiden Strecken über Galizien seien tatsächlich nur in trockenen Sommern zu empfehlen, meinte er. Aber die Donauroute berge auf den letzten dreihundert Werst große Risiken. Zu viele Überschwemmungen, zu schlechte Straßen.

Einer der Kutscher, ein ruhiger, nachdenklicher Mann, meldete sich: »Darum schlage ich vor, Herr Leutnant, dass wir auf der Donauroute bis Galatz bleiben, von dort aus direkt nach Norden fahren in Richtung Moldau und dann nach Osten über Karyn, Komrat in Gagausien bis Odessa. Ich bin die Strecke schon ein paarmal gefahren. Sie ist auch nicht länger als die weiter donauabwärts. Und sie ist inzwischen in ganz passablem Zustand.«

»Ich danke euch, Männer«, sagte Kuznetsow. »Dann machen wir das so: bis Galatz der Donau folgend und weiter durch Moldawien nach Odessa.« Und an den bärtigen Unteroffizier gewandt: »Popow, nimm dir morgen zwei Männer und reite mit ihnen ein Stück an der Donau entlang. Schau nach, ob die Postroute wieder befahrbar ist.«

Nach dem Kommando »Wegtreten!« verließen die Männer die Scheune. Kuznetsow setzte sich neben Eugen auf einen Strohballen und meinte: »Natürlich hätte ich das allein entscheiden können. Aber wenn meine Männer das Gefühl haben, sie hätten die Route festgelegt, dann murren sie nicht, wenn's Probleme gibt. Die Landstrecke von Galatz über Moldawien nach Odessa ist nämlich nicht einfach.«

Anderntags kam Popow von seiner Erkundung zurück und meinte, man könne übermorgen wieder aufbrechen. Und so geschah es auch. Eugen war froh, wieder reisen zu dürfen. Er vermisste die vorüberziehende Landschaft und die wechselnden Eindrücke. Kuznetsow hingegen bestieg nachdenklich die Militär-Kalesche. Der Wirt hatte ihn beim Abschied auf die Seite genommen und ihm etwas zugeflüstert. Eugen, der schon in der Kutsche saß, bemerkte allerdings, dass die beiden immer wieder zu ihm herübersahen, während sie tuschelten.

Am Schwarzen Meer

Inzwischen war es September geworden. Der Train war, mit jeweils zwei Ruhetagen in Wien, Buda und Galatz, nach Plan vorangekommen. Tiraspol, zeitgleich mit Odessa vom russischen Feldherrn Suworow begründet und russische Grenz- und Zollstation, lag hinter ihnen. Und nun strahlte Kuznetsow übers ganze Gesicht. Vor ihm schimmerte am Horizont Odessa im Abendlicht. Er schickte einen Melder voraus mit dem Auftrag: Ankunft ankündigen und klären, ob der Train ins Quarantänefort muss oder eine der fünf Kasernen anfahren kann. »Keiner meiner Männer ist krank. Und wir sind durch kein Pestgebiet gereist. Sag das dem Offizier!«, sagte er dem Melder.

Sie fuhren schnell, aber blieben wachsam. Das Terrain war flach. Nirgendwo eine Bodenerhebung. Kein Fluss weit und breit. Nur endlose Steppe. Aber immer wieder tiefe Rinnen, vom Sturzregen ausgewaschen. Unaufmerksame Fahrer riskierten hier einen Achsbruch. Die Stadt kam näher und näher. Durch die breiten Straßen hindurch konnte man schon das Schwarze Meer sehen.

Erst vor dreiunddreißig Jahren hatte Zarin Katharina den Befehl gegeben, vor die hundert Fuß hohen Felswände am Schwarzen Meer einen Handels- und einen Militärhafen an die Klippen zu bauen. Sie hatte zur besseren Verteidigung und zur Lagerung der Handelsgüter Katakomben in den Felsen schlagen und mit unterirdischen Gängen verbinden lassen. Und sie hatte die besten Architekten und Ingenieure aus ganz Europa kommen lassen, die eine Stadt direkt über dem Hafen planten und Stück für Stück verwirklichten. Um die Stadt wurde ein tiefer Graben gezogen, der nur an vier Stellen überquert werden konnte und von fünf Kasernen bewacht wurde. Von den beiden Häfen führten nur zwei schmale Pfade, die leicht zu verteidigen waren, hinauf zur Stadt.

Im Frieden von Jassy hatte das Osmanische Reich ein großes Gebiet am Nordufer des Schwarzen Meeres an Russland abtreten müssen. Das Land war fruchtbar, sehr fruchtbar sogar, aber es war fast menschenleer. Die Zarin wollte das schnell ändern. Odessa sollte nach ihrem Willen eine moderne Hafenstadt mit europäischer Ausstrahlung werden, von wo aus sich Handel treiben und das fruchtbare Hinterland bevölkern ließe. Straßen zu den großen Städten in Russland wurden gebaut, auf denen man schon bald in vierzehn Tagesreisen bis nach Sankt Petersburg kommen konnte. Und die Zarin rief Ausländer aus allen europäischen Staaten auf, in diesen neurussischen Gebieten zu siedeln. Ihnen gewährte sie besondere Rechte wie Religionsfreiheit, Befreiung vom Militärdienst und Selbstverwaltung sowie verschiedene finanzielle, wirtschaftliche und politische Privilegien. Weil in vielen deutschen Kleinstaaten Hungersnot herrschte und konfessionelle Differenzen mit den Regenten bestanden, verhallte der Aufruf der Zarin nicht ungehört.

Das Hinterland Odessas besaß sehr ergiebige Schwarzerde-Böden. Mildes Klima und üppige Vegetation kamen hinzu. So entstand in drei Jahrzehnten eine blühende Stadt, die bei Ankunft von Kuznetsows Train schon fünfunddreißigtausend Einwohner zählte. Weil sich immer mehr Russen, Armenier, Deutsche, Schweden, Schweizer, Griechen, Polen, Italiener und Franzosen hier niederließen, wuchs die Stadt Jahr für Jahr und galt schon bald als südliches Handelszentrum des russischen Reiches. Der neue Handelshafen war ein steuerfreier Freihafen und zog vor allem wohlhabende ausländische Kaufleute und Exporteure an. Auf den Straßen, in den Kaffeehäusern und am Hafen hörte und verstand man viele Sprachen. Ein babylonisches Sprachengewirr ohnegleichen. Auf dem großen Markt, an der Ausfallstraße nach Tiraspol gelegen, boten die Bauern aus den neu entstandenen Dörfern der Umgebung ihren Wein und ihr Obst und Gemüse feil. Und alle großen Religionen hatten ihr eigenes Gotteshaus. Odessa war in jeder Hinsicht eine moderne und tolerante Stadt und hatte sich den Ruf einer Perle am Meer erworben.

Kuznetsow staunte. Vor der Einfahrt in die Stadt standen sein Melder und ein ihm unbekannter Major. Der fremde Offizier gebot dem Train zu halten. Kuznetsow stieg ab, salutierte, und der Major befahl ihm zu folgen. Sie gingen auf die Kaserne zu, die links neben der kleinen Brücke am Festungsgraben stand, und betraten den Wachraum.

Der Major kam sofort zur Sache: »Im Auftrag von Generalgouverneur Graf Alexander Fjodorowitsch Langéron habe ich Sie über Ihren Mitreisenden zu befragen.«

Kuznetsow nickte. Er ahnte, was kommen würde.

»Wie heißt der junge Mann, der in Ihrer Kalesche sitzt?«

»Eugen Maron, Herr Major. So steht es jedenfalls in seinen Reisepapieren.«

»Seit wann kennen Sie ihn?«

»Oberstleutnant Smirnow hat ihn mir anvertraut, Herr Major. Dieses Jahr. Ende Juni.«

»Wo und warum?«

»In Heilbronn, Herr Major. Im Königreich Württemberg. Auf persönlichen Befehl von Generalfeldmarschall Fürst Wolkonski, der wiederum auf allerhöchsten Befehl Seiner Majestät handelte. Die Mal- und Zeichenkünste meines Schützlings haben die Herren begeistert. Der junge Mann soll hier in Odessa eine Zeichenschule gründen. Man hat mir einen Brief an den Generalgouverneur anvertraut. Ich darf ihn nur persönlich übergeben.«

»Was wissen Sie über den jungen Mann?«

»Nicht viel, Herr Major. Er erzählte nichts über sich. Ich weiß nur, dass er russisch und recht gut deutsch spricht, sehr gut zeichnen und malen kann und reiten wie ein Kosak.«

»Mehr nicht?«

»Leider nein, Herr Major. Aber der Wirt von der Poststation in Melk, das ist im Österreichischen an der Donau, hat mir bei der Abreise gesagt, er würde den jungen Mann kennen. Er sei ein russischer Kavallerieleutnant, der vor zehn Jahren im Stift Melk verwundet wurde.«

»Danke, Herr Leutnant«, sagte der Major. »Gehen Sie zurück zu Ihrem Train. Ihre Männer sollen hier in diese

Kaserne fahren, die Pferde füttern und dann Essen fassen. Abladen können sie morgen. Und Sie, Herr Leutnant, bringen sofort den jungen Mann hierher!«

Kuznetsow salutierte, ging zurück zu seiner Wagenkolonne, erteilte Befehle und kam mit Eugen zurück.

Als er die Wachstube wieder betrat und salutierte, stand neben dem Major ein schlanker, bartloser Fünfzigjähriger, der erschauderte, als er Eugen sah. Dann, nach einem kurzen Moment der Besinnung, stürmte er auf den jungen Mann zu und umarmte ihn.

»Da bist du ja, mein Junge!«, stammelte er, während Eugen zuerst den Mann und dann die beiden Offiziere verwundert anschaute.

»Kennst du mich nicht mehr? Ich bin's, dein Lehrer«, schluchzte der Mann.

Eugen lächelte ihn etwas irre an. Es geht nichts über den angeborenen Trieb, sich zu entstellen, ging ihm durch den Kopf. Die Lust am Sichverstellen lag ihm zwar nicht im Blut, die Fähigkeit dazu besaß er gleichwohl. Also gab er dem Mann die Hand. »Ich heiße Eugen Maron. Und wie heißen Sie?«

Der alte Mann hielt die Hand des jungen Mannes fest und schaute ihm tief in die Augen: »Das weißt du doch, mein Junge. Ich bin Wilhelm Neumann, Magister der Philosophie aus Tübingen. Ich habe dir zuerst das Sprechen und dann auch meine deutsche Muttersprache beigebracht. Ich habe dich von Kindesbeinen an Lesen, Schreiben und Rechnen gelehrt. Und wir haben zusammen die griechische und römische Mythologie und Geschichte durchgearbeitet. Klar nennst du dich

Eugen, denn das ist der deutsche Name für Ewgenij. Aber Maron?«

Eugen schüttelte sich. Innerlich! Die Leute bohren das Brett immer an der dünnsten Stelle. Laut sagte er: »Ja, Eugen Maron.«

»Du hast mit mir den griechischen Historiker Strabon gelesen. Erinnerst du dich, mein Junge?«

Der Mann hielt immer noch die Hand fest, aber wandte sich jetzt den beiden Offizieren zu: »Sie müssen wissen, meine Herren, dass Strabon von einem gewissen Maron berichtet, dem Sohn des Königs von Argos, der dann selbst den Thron bestieg. Die Geschichte hat meinem Ewgenij besonders gut gefallen, weil Argos, so wie Odessa heute, Menschen aus aller Welt beherbergt hat.«

»Sie können also bestätigen, dass dieser junge Mann in Wahrheit Fürst Ewgenij Aleksej Samarow ist?«, fragte der Major.

»Aber ja!«, strahlte der Magister den Major an. »Ganz ohne jeden Zweifel ist das mein Ewgenij! Darauf leiste ich jeden Eid.«

»Nun gut«, sagte der Major. »Dann wollen wir dem Herrn Generalgouverneur einen Besuch abstatten. Er erwartet schon meinen Bericht. Kommen Sie!«

*

Graf Alexander Fjodorowitsch Langéron war erst seit ein paar Monaten Generalgouverneur von Neurussland. Er entstammte, wie sein Vorgänger im Amt, Herzog de Richelieu, dem französischen Adel. Er emigrierte zu

Beginn der Französischen Revolution nach Russland, trat dort in den Militärdienst ein und diente zuletzt als General der Infanterie dem Zaren. Er war ein hochgewachsener, schlanker Mann mit einer Haartracht wie Julius Caesar.

In seinem Dienstzimmer im Gouverneurspalast empfing er die kleine Abordnung. Die Offiziere erstatteten Bericht. Kuznetsow überreichte ihm das Schreiben von Generalfeldmarschall Fürst Wolkonski. Der Graf erbrach das Siegel und las. Dann ließ er sich von Magister Neumann bestätigen, dass der junge Mann zweifelsfrei der vermisste Fürst sei.

Zwei Männer, der Adjutant des Grafen und ein Arzt, führten Fürstin Jekatarina Oksana Samarow herein.

Sie war eine weißhaarige Dame ohne Allüren. Keinerlei Anzeichen eines adeligen Standesdünkels. Bescheiden im Auftreten. Wache Augen. Kontrollierte Gestik und Mimik. Sie stand aufrecht im Raum, blickte prüfend die Männer an und stürzte sich dann auf Eugen. Sie schloss ihn in die Arme. Sie schluchzte und jammerte. Sie drohte jeden Augenblick ohnmächtig zu werden.

Eugen schaute ungläubig drein. Er wusste immer noch nicht genau, was hier gespielt wurde, aber er begann, es zu ahnen. Er nahm sich fest vor, nur zu sprechen, wenn er gefragt wurde.

Wieder und wieder nahm ihn die alte Fürstin in die Arme, drückte, herzte und küsste ihn. Mehrmals rief sie entzückt: »Dass ich das noch erleben darf! Mein Gott, mein Gott, ich danke dir!«

Die russische Adelsfamilie Samarow ging auf Graf

Valtteri Samarow zurück, einen aus Finnland stammenden Edelmann, der im Dreißigjährigen Krieg auf schwedischer Seite gekämpft hatte und danach in den russischen Militärdienst eingetreten war.

Der erste berühmte Spross in dieser Familie war Generalissimus Wassili Iwanowitsch Samarow, der Ehemann eben jener Fürstin Jekatarina Oksana Samarow. Er hatte sich im russisch-osmanischen Krieg ausgezeichnet und war beim Übersetzen über den Dnjestr ertrunken.

Daraufhin hatte Zarin Katharina ihn posthum in den Fürstenstand erhoben und seinen Sohn Alexander Wassiljewitsch Samarow ebenfalls zum Generalissimus befördert. Dieser Sohn baute in Wossinsk am südlichen Bug ein Herrenhaus und erwarb im Umland große Ländereien, denn Grund und Boden waren in dem weiten, noch menschenleeren Land billig zu haben. Wossinsk, wie Odessa auf Befehl der Zarin gegründet, war eine Tagesreise von der Schwarzmeerküste entfernt. Überdies kaufte Samarow ein Sommerhaus in Odessa, und zwar in der Deribasovskaya, der belebtesten Straße der Stadt, wo etliche Cafés und Gasthäuser lagen.

Dessen einziger Sohn und Stammhalter Fürst Ewgenij Aleksej Samarow, ein Kavallerieleutnant im Jünglingsalter, galt seit zehn Jahren als vermisst. Man hatte ihn zuletzt in der Wachau gesehen.

Großmutter Jekatarina lebte nach dem Tod ihres Mannes, ihres Sohnes und ihrer Schwiegertochter ohne Pomp und großen Hofstaat. Die Aufsicht über ihre Güter hatte sie einem treuen Verwalter übertragen und sich in ihr Haus in Odessa zurückgezogen. Hier wohnte sie in einem großen Haus auf bescheidenem Fuß und in dem festen Glauben, ihr heißgeliebter Enkel werde eines Tages heimkommen. Nur Magister Wilhelm Neumann, der Hauslehrer des vermissten Enkels, und die im Dienst ergraute Haushälterin Larissa waren in ihren Diensten geblieben und ihr einziger Trost. Er hatte in Tübingen Philosophie studiert und litt an Rheuma. Sie sprach beim Mittag- und Abendessen mit ihm Russisch, und er antwortete ihr auf Deutsch, so wie er es mit dem verschollenen Enkel auch getan hatte.

Ermutigt durch ihn und eine Wahrsagerin, hatte sie Suchanzeigen in den großen Zeitungen Europas aufgegeben und schließlich eine aufwühlende Nachricht aus Melk an der Donau erhalten: Der Wirt der dortigen Poststation teilte mit, der Vermisste sei gefunden. Es handle sich um einen Mann Ende zwanzig, der Russe sei, auch gut Deutsch spreche und leidenschaftlich gern zeichne und male. Und er könne reiten wie ein Kosak. Woher er stamme und was er früher gemacht habe, wisse er nicht mehr. Offensichtlich habe er bei einem Feuer im Benediktinerstift Melk, aus dem er in letzter Minute gerettet werden konnte, sein Gedächtnis verloren. Auch das Äußere stimme mit den Angaben in der Zeitung überein: schlanke Gestalt, etwa sechs Fuß groß, blondes Haar, blaue Augen, auffallend hübsch, zurückhaltend und sehr sympathisch. Dem Brief waren zwei beglaubigte Schreiben beigefügt: zwei Mönche des Stifts Melk bestätigten die Angaben des Wirts. Sie hätten den Vermissten vor zehn Jahren im Stift selbst gepflegt und sofort wiedererkannt, als er in Begleitung eines russischen

Trainoffiziers das Stift besichtigt habe, der mit seiner Wagenkolonne von Heilbronn nach Odessa unterwegs sei und von einem Unwetter in Melk festgehalten wurde. Der junge Mann sei gesund, könne sich aber nicht mehr an sein früheres Leben erinnern.

Und nun dieses unverhoffte Wiedersehen! Die alte Dame geriet in eine lebensbedrohliche Aufregung. Der Arzt bat sie inständig, sich sofort zu setzen. Sie folgte schließlich seinem Rat, und er verabreichte ihr ein Beruhigungsmittel, maß ihr den Puls und riet zur strengsten Bettruhe.

Der Generalgouverneur rief seinen Sekretär herein und ordnete eine eidesstattliche Erklärung an, wonach sowohl Fürstin Jekatarina Oksana Samarow als auch der Hauslehrer, Magister Wilhelm Hofmann, bestätigen, dass der Heimgekehrte tatsächlich der vermisste Fürst Ewgenij Aleksej Samarow ist. Der Erklärung wurden der Brief des Postwirts aus Melk und die beglaubigten Schreiben der beiden Mönche als weitere Beweismittel beigefügt.

*

Am späten Vormittag des nächsten Tages hielt ein Militärfuhrwerk vor Fürstin Jekatarina Oksana Samarows Villa. Eugen blickte durchs Fenster und sah vier Soldaten, die auf der Ladefläche saßen, und Kuznetsow, der gerade vom Kutschbock stieg.

Eugen rannte aus dem Haus: »Guten Morgen, Alexeij! Bringst du meine Sachen?«

»Guten Morgen, Durchlaucht!«

Eugen stutzte, dann lachte er aus vollem Haus. »Jetzt sag, mein lieber Alexeij Grigorowitsch, haben wir auf Duzfreundschaft getrunken oder nicht?« Und als Kuznetsow nickte, sagte er: »Also bleibt's dabei. Schlag ein!«

Sie reichten sich die Hand, und Eugen klopfte seinem Freund auf die Schulter: »Du hast ja gehört, dass die Leute sagen, ich sei Leutnant bei der Kavallerie gewesen. Du bist auch Leutnant, also bin ich nicht mehr als du. Merk dir das.«

Kuznetsow strahlte übers ganze Gesicht. »Ja, Eugen, wir bringen deine Sachen. Aber nur vorläufig! Der Generalgouverneur sucht nach einem geeigneten Raum für dich.«

»Das trifft sich gut! Gestern Abend sind wir lange zusammengesessen, Großmutter, der Magister, die Haushälterin und ich. Sie haben mir allerlei Geschichten über mich erzählt, die ich alle nicht kannte. Ich hingegen habe von meiner Kunst geschwärmt. Und wir haben uns darüber verständigt, dass ich ab sofort über das Erdgeschoss verfügen darf. Dann kann ich auch nachts arbeiten, ohne jemand zu stören.«

»Sturmfreie Bude!«, Kuznestow lachte.

»Deine Fantasie geht mit dir durch, Alexeij Grigorowitsch«, tat Eugen entrüstet. »Großmutter will mich unbedingt im Haus haben. Sie will, dass ich hier meiner Arbeit nachgehe. Komm, ich zeig dir alles.«

Er führte Kuznetsow durchs Vestibül in den größten und hellsten Raum im Erdgeschoss, gleich rechts neben der Haustür. Darin ein langer Tisch, Stühle und eine

Kommode, geschmückt mit geschnitzten Ornamenten und Metallziergriffen an den Schubladen.

»Das wird mein Atelier. Vier große Fenster nach zwei Seiten. Wunderbar! Ich brauche Licht zum Arbeiten.« Dann zeigte er vier weitere Zimmer auf der linken Stockwerkseite: Schlafzimmer, Badekabinett mit Waschtisch und Holzzuber, Empfangszimmer, Materialraum.

»Materialraum?«, fragte Kuznetsow.

»In den Fässern sind meine Zeichenpapiere und meine fertigen Drucke. Die Papiere lagern wir fürs Erste im Materialraum. Auch die Druckplatten stapeln wir hier. Alles andere kommt ins Atelier: die Bilder, die zwei Bilderkrippen, die Arbeitstische und Pressen sowie die diversen Gerätschaften.«

»Wird gemacht«, sagte Kuznetsow und grinste: »Noch etwas, du Künstler?«

»Wäre es möglich, mein Lieber, dass deine Leute zuerst ein paar Möbel aus dem zweiten Stock holen, bevor sie meine Sachen abladen.«

»Und die gleich auspacken?«

»Ich bitte darum, Alexeij.«

Fürstin Jekatarina näherte sich, gefolgt vom Magister. »Schön, Sie wiederzusehen, Herr Offizier. Mein Ewgenij hat mir gestern Abend viel von Ihnen erzählt. Er hält große Stücke auf Sie. Seien Sie jederzeit herzlich willkommen in meinem Haus.«

Kuznetsow verneigte sich. Er war gerührt.

»Larissa, meine Haushälterin, bereitet gerade das Mittagessen vor. Wenn sie fertig ist, bitte ich Sie, Herr Offizier, und Ihre Männer zu Tisch. Bitte heute ausnahmsweise alle am selben Tisch, denn es ist ein schöner und besonderer Tag für mich.«

Die vier Trainsoldaten trugen Möbel durchs Haus und verteilten sie im Erdgeschoss. Dann schleppten sie Stück für Stück die Kisten und Fässer herein und öffneten sie.

Die Haushälterin klingelte und bat zu Tisch.

Der Speisesaal lag im ersten Stock. Und vor der Tür stand auf einer kleinen Kommode eine Schüssel mit Wasser, daneben Seife und kleine Handtücher.

Die Männer wuschen sich die Hände, bevor sie den Saal betraten. Die Fürstin und Magister Hofmann kamen hinzu, und sie sagte gerührt: »Ich bin überglücklich, dass wieder Leben in mein Haus kommt.«

Larissa servierte Borschtsch, dann Rinderbraten mit Buchweizengrütze und zum Dessert reichlich Pavlova, luftiges Baiser mit Sahne und Früchten, dazu schwarzen Tee mit einem Schuss Wodka.

Die Fürstin bat die Männer, kräftig zuzugreifen. Das ließen sie sich nicht zweimal sagen.

Eugen erhob sich, murmelte eine Entschuldigung, rannte ins Erdgeschoss, holte aus dem markierten Fass das Geld und versteckte es in seinem Schlafzimmer. Dann zog er aus einem anderen Fass eine Farblithografie und stieg wieder hinauf in den Speisesaal. Dort überreichte er Kuznetsow ein Bild, das er in Heilbronn gefertigt hatte. Es zeigte einen Reiter auf einem Schimmel.

»Für dich, mein Freund. Danke, dass du mich und meine Sachen so gut heimgebracht hast«, sagte er.

Kuznetsow war so zu Tränen gerührt, dass er kaum

sprechen konnte. Schließlich stammelte er verlegen seinen Dank.

Dann beorderte er seine Soldaten wieder ins neue Atelier, wo sie die Fässer und Kisten leerten, die Verpackungen hinausschafften, Eugens Kleider ins Schlafzimmer trugen und schließlich nach Eugens Anweisung die Gerätschaften im Atelier zusammenbauten und den Raum aufräumen halfen.

Kaum war Kuznetsow mit seinen Leuten außer Haus, erschien ein Bote und überbrachte Eugen eine Einladung des Generalgouverneurs zum Vier-Uhr-Tee am nächsten Nachmittag.

Nach dem Abendbrot bat Eugen den Magister, ihn beim Abendspaziergang durch Odessa zu begleiten.

»Die Deribasowskaja oder Rue de Ribas, wie die vornehmen Leute sagen, ist die älteste und berühmteste Straße unserer Stadt«, sagte Hofmann, als sie aus der Villa auf die Straße traten. »Sie ist nach ihrem ersten Stadthauptmann benannt: Admiral de Ribas. Links geht es zum Stadtgarten, in dem de Ribas viele Bäume pflanzen ließ. Und rechts geht es zum Hafen.«

Sie schlugen den Weg zum Meer ein. Kamen an Geschäften, Cafés und Restaurants vorbei. Schauten aufs Schwarze Meer hinaus. Blickten zu den beiden Häfen und die dort ankernden Schiffe hinunter. Bogen nach links in die Küstenpromenade ein. Gingen bis zum kleinen Fort. Passierten das Hospital, die Kirche der Heiligen Katharina, den Gouverneurspalast, das Gymnasium und spazierten durch den Stadtgarten, von wo aus sie die Kathedrale im Abendrot leuchten sahen. Und schon waren sie wieder in der Deribasowskaja. An jedem Punkt ihres Rundgangs blieb der Magister stehen, erklärte und erzählte. Und jeden Punkt sog Eugen mit seiner künstlerischen Begabung in sich auf, merkte sich die Formen, Fassaden und Farben der Gebäude und war dankbar, nun in einer so schönen Stadt wohnen zu dürfen. Dreimal so groß wie Heilbronn und etwa gleich groß wie München, dachte er, nur viel, viel schöner und kosmopolitischer.

Als sie wieder vor der Villa ankamen, fragte Hofmann: »Soll ich dich morgen zum Gouverneurspalast hinführen, oder findest du ihn allein?«

»Der Palast liegt dort.« Er deutete nach Osten. »Und wenn ich ihn nicht gleich finde, gehe ich bis zur Küstenpromenade vor, dann nach links bis zum Kleinen Fort. Und von dort aus sieht man schon die Residenz unseres Generalgouverneurs.«

»Gratuliere! Du hast viel bei mir gelernt.« Magister Hofmann war stolz auf seinen Schüler.

*

Den nächsten Morgen verbrachte Eugen in seinem verschlossenen Atelier.

Am Abend zuvor hatte ihn die Großmutter gefragt, was er in den kommenden Tagen zu tun gedenke. »Neue Bilder machen, wenn ich die nötige Ruhe dazu habe.« Und als ihn die alte Fürstin fragend anschaute, hatte er hinzugefügt: »Für ein farbiges Bild muss ich ungefähr eine Woche hart und konzentriert arbeiten. Das gelingt mir aber nur, wenn mich nichts ablenkt, wenn mich keiner bei der Arbeit stört, und ich mich ganz in das Motiv vertiefen kann, das ich malen oder zeichnen möchte.«

»Verstehe«, sagte die Fürstin, »du musst ungestört bleiben, wenn du ein neues Bild erschaffen willst.« Sie dachte kurz nach und meinte dann: »Ich schlage vor, du schließt dein Atelier immer ab. Wir sind im Erdgeschoss leise. Wir klopfen nicht an die Tür. Und Larissa macht nur sauber, wenn du das ausdrücklich möchtest. Einverstanden?«

Eugen nickte erleichtert. Denn in Wahrheit ging es ihm darum, ungestört so schnell wie möglich weiteres Falschgeld herzustellen und unter die Leute zu bringen.

Er rannte in sein Atelier, suchte seine fünf schönsten Farblithografien heraus und brachte sie seiner Großmutter.

»Für mich?«, fragte sie entzückt und konnte sich an der Präzision der Darstellungen und der Farbenpracht nicht sattsehen. »Und das hast du allein gemacht?«

»Die Heinzelmännchen waren es bestimmt nicht«, lachte Eugen, »bei Gelegenheit zeige ich Ihnen, verehrte Großmutter ...«

Die Fürstin unterbrach ihn. »Natürlich ist es in Russland üblich, dass Kinder ihre Eltern und Großeltern mit Sie anreden. Aber wir sind doch in Odessa. Da ist vieles anders. Sag bitte du zu mir, ich sag's ja auch zu dir.«

Eugen dankte für das Vertrauen und versprach, jede Woche eine Lithografie herzustellen und sie dann im Haus zu zeigen. Was nur er wusste: Er hatte genug Bilder in Reserve, die niemand im Haus kannte. Wenn er nun jede Woche eines herzeigte, dann blieb ihm in den kommenden Wochen genug Zeit, das gesamte feine Druckpapier in 50-Rubel-Scheine zu verwandeln.

»Nicht wahr, mein Lieber«, wandte sich die Fürstin an Meister Hofmann, »Sie lassen die Bilder bald rahmen. Und dann möchte ich, dass man alle fünf in meinem Boudoir aufhängt.«

Und nun stand Eugen in seinem verschlossenen Atelier an der Presse und druckte das Wasserzeichen auf das Geldpapier, Stück für Stück. Gegen halb elf entnahm er der Bilderkrippe die Lithografie, die Zar Alexander hoch zu Ross zeigte, und die er in Heilbronn Seiner Majestät geschenkt hatte. Er begann, den Druck zu kolorieren.

Nach dem Mittagessen bat er Larissa um ein Seidenband. Dann eilte er wieder in sein Atelier, schloss sich ein und kolorierte zu Ende. Im Schlafzimmer zog er sich um: enganliegende gelbe Hose, weißes Hemd, grüne Weste, altrosa Krawatte und eine braune doppelreihige Tweedjacke. Es waren die Kleider des jungen Engländers, der in den Neckar gestolpert und ertrunken war, als er nachts betrunken am Fluss entlangtorkelte. Dazu zog Eugen die halbhohen schwarzen Stiefel an, die er gebraucht beim Schuhmacher am Heilbronner Kiliansplatz gekauft hatte, setzte den schwarzen Zylinder auf und steckte die gelben Handschuhe in die Jackentasche.

Er schloss sein Atelier ab, verließ das Haus und ging gemessenen Schrittes durch Seitengassen zum Palast des Generalgouverneurs. Überall zog er bewundernde Blicke auf sich. Die Kinder steckten den Daumen in den Mund und rissen die Augen auf. Die Mütter und Väter blieben verblüfft stehen und tuschelten: »Ist das nicht der vermisste Enkel der Fürstin Jekatarina Oksana Samarow?«

Eugen spürte, dass er Aufsehen erregte. Er grüßte zunächst verhalten, dann lächelnd nach allen Seiten und zog immer wieder den Zylinder vom Kopf. Eine neue Erfahrung, das Aufsehen, aber er genoss sie. Er fühlte sich geschmeichelt. Was wohl der Generalgouverneur sagen wird?

Ein Schatten huschte über sein Gesicht. Wie den hohen Herren anreden? Erlaucht? Durchlaucht? Hoheit? Hochwürden? Ach nein, das wäre ja dann ein Kirchenfürst. Majestät? Aber das weiß doch jedes Kind, dass man so nur Könige und Zaren anredet. Also eher Hochwohlgeboren? Er seufzte. Als Knjas, Fürst, musste er gute Umgangsformen zeigen. Sonst wäre die schönste Kleidung nicht viel wert. Die Leute würden sich das Maul über ihn zerreißen. Das Herz rutschte ihm in die Hose.

Im Palast wartete man schon auf ihn. »Zweiten Stock links!«, sagte ein Uniformierter und salutierte. Verstohlen blickten die Bediensteten auf den vornehmen Herrn. Noch vor zwei Tagen war er ein schüchterner, einfach gekleideter junger Mann gewesen. Eugen lachte in sich hinein. Was Kleider ausmachen, ging ihm durch den Kopf. Auf geht's! Vorwärts wird geritten! – sprach er sich selbst Mut zu. Er nahm zwei Treppen auf einmal und eilte in den zweiten Stock hinauf.

Der Adjutant empfing ihn, bat, kurz zu warten, verschwand durch eine Tür und kehrte durch eine andere zurück. Dann trat Graf Alexander Fjodorowitsch Langéron in den Raum.

»Seien Sie willkommen«, sagte er, musterte neugierig seinen Gast. Jedes Detail bewunderte er gebührend. Dann gab er ihm die Hand. »Votre cravate fait très chic (mit Ihrer Krawatte sehen Sie sehr schick aus)«, lobte er Eugens Erscheinungsbild in seiner französischen Muttersprache. Und auf Russisch fragte er: »Trägt man das in Deutschland? Gefällt mir sehr gut!«

Statt einer Antwort überreichte Eugen das gerollte und mit dem roten Seidenband zusammengehaltene Bild.

Der Generalgouverneur dankte, knüpfte das Band auf, entrollte das Bild und legte es über einen langen Besprechungstisch, der am Fenster stand. Er trat zurück und kniff prüfend die Augen zusammen. Dann strahlte er übers ganze Gesicht.

»C'est stupéfiant!« Er übersetzte selbst: »Das ist überwältigend!«

Er wandte sich Eugen zu: »Vous êtes un grand artiste! Sie sind ein großer Künstler!« Er nahm Eugens Hände in seine und fragte: »Wie komme ich zu der Ehre?«

»Ich habe dieses Bild auch Seiner Majestät in Heilbronn überreicht. Es hat Seiner Majestät sehr gefallen. Darum dachte ich, es könnte auch Sie erfreuen, Durchlauchtigste Exzellenz.«

Der Generalgouverneur lachte: »Ich glaube, da muss ich etwas richtigstellen.« Er nahm seinen Adjutanten in den Blick: »Lassen Sie dieses kostbare Bild umgehend rahmen. Übermorgen will ich es über meinem Schreibtisch hängen sehen.«

Er bat zu Tisch und ließ Tee und Gebäck servieren. Sie nippten an ihren Tassen.

Der Hausherr räusperte sich und sagte: »Generalfeldmarschall Fürst Wolkonski hat mir im Auftrag Seiner Majestät ans Herz gelegt, Sie nach besten Kräften zu unterstützen und Ihre Kunst zu fördern. Das will ich gerne tun, denn ich sehe ja mit eigenen Augen, dass Sie ein Meister Ihres Faches sind.«

Er stand auf, nahm ein Papier von seinem Schreibtisch und reichte es Eugen: »Generalfeldmarschall Fürst Wolkonski hat mir im Auftrag Seiner Majestät einen Wechsel über hunderttausend Rubel zukommen lassen, den Sie in der Bank gegenüber einlösen können. Mit diesem Geld sollen Sie junge Menschen in Ihrer Kunst unterrichten.«

Eugen verschlug es die Sprache. Er stand auf, verneigte sich und stammelte ein Dankeschön.

Langéron lächelte: »Nicht der Rede wert! Viele Neusiedler bekommen auch eine beträchtliche Summe als Startkapital.«

Er trank einen Schluck Tee und meinte dann: »Ich sagte eben, ich möchte etwas richtigstellen.« Er räusperte sich. »Wie Sie wissen, bin ich im Auftrag Seiner Majestät Statthalter von Neurussland und Stadthauptmann von Odessa. Und Sie sind Fürst Samarow, Nachfahre des berühmten Generalissimus, dem wir es zu verdanken haben, dass dieses Neurussland überhaupt entstehen konnte.«

Graf Alexander Fjodorowitsch Langéron hielt inne und wandte sich an seinen Adjutanten: »S'il vous plaît, une bouteille de cognac et deux verres.«

An Eugen gewandt fuhr er fort: »Darum möchte ich,

dass wir Freunde werden. Gemeinsam können wir viel für Odessa erreichen.«

Der Adjutant kam mit einer Flasche Cognac zurück, stellte die Gläser auf den Tisch und schenkte ein. Auf einen Wink seines Vorgesetzten verließ er den Raum.

»Trinken wir auf gute Freundschaft«, der Generalgouverneur erhob sein Glas: »À ta santé! Auf deine Gesundheit und deine Kunst!«

Eugen dankte und versicherte, er wisse die hohe Ehre sehr zu schätzen.

»Verzeih, ich falle immer wieder ins Französische zurück«, erklärte der Gastgeber mit einem wehmütigen Lächeln. »Ich bin in Paris geboren und auf den Namen Alexandre getauft, diene zwar schon über die Hälfte meines Lebens in der russischen Armee, aber meine Heimat ist und bleibt Frankreich.«

Eugen musterte heimlich den knapp Fünfzigjährigen. Er rief sich ins Gedächtnis, was der Magister gestern gesagt hatte: Langéron habe die russischen Truppen bei Austerlitz gegen Napoleons Grande Armée befehligt. Im Krieg gegen die Türken habe er sich verdient gemacht. Auch an der Völkerschlacht bei Leipzig sei er beteiligt gewesen. Und letztes Jahr habe er an der Seite Seiner Majestät des Zaren seine Geburtsstadt Paris erobert.

»Ich bitte dich, sag Alexandre zu mir«, sagte Langéron. »Und nun zu deiner Kunst. Wie du ja weißt, habe ich Leutnant Kuznetsow angewiesen, alle Kunstmaterialien, die er in seinem Train mitgeführt hat, vorläufig bei dir zu deponieren. Sobald ich Werkstatträume in guter Lage finde, werden wir die Sachen dorthin bringen.«

»Danke, dass du Kuznetsow den Auftrag erteilt hast. Fürstin Samarow will jedoch, dass ich in ihrem Haus bleibe. Sie sagt, sie habe so lange auf mich verzichten müssen, dass sie sich weigere, mich wieder ziehen zu lassen. Und sei es bloß ein paar Straßen weiter.«

»Aber die Sachen gehören doch dem russischen Staat.«

»Natürlich. Ich war ja dabei, als ein russischer Offizier die Sachen im Auftrag von Generalfeldmarschall Fürst Wolkonski für 285 Silbergulden gekauft hat. Doch wie wäre es, wenn ich dir den Kaufpreis erstatte? In Silbergulden, in Golddukaten oder in Rubel. Wie du möchtest.«

»Und dann?«

Eugen lächelte. »Dann stelle ich weiterhin Bilder her und beginne in ein paar Monaten, jungen Leuten meine Kunst beizubringen. Wie du siehst, lieber Alexandre, ist es im Ergebnis egal, ob die Sachen dir oder mir gehören. Gehören sie dir, dann musst du mich in den Staatsdienst aufnehmen, Räume für mich anmieten und mich bezahlen. Gehören sie mir, dann kostet dich das keinen Rubel, und Odessa bekommt eine Kunstschule, die den Staat nichts kostet.«

»Überzeugt!«, sagte der Generalgouverneur. »Bleib, wo du bist. Und die 285 Silbergulden zahlst du bis in vier Monaten zurück. In Rubel wäre es mir am liebsten.«

»Das ist großherzig von dir. Großmutter wird dir um den Hals fallen. Aber sag, welches Motiv soll ich möglichst bald bearbeiten?«

»Am liebsten …«, Langéron sah Eugen verlegen an, »wenn du mich vielleicht …«

Eugen winkte ab. »Hätte ich auch vorgeschlagen. Ich zeichne dich und mache eine Farblithografie von dir. Du bekommst das Original als Geschenk. Und die Beamten in deinem Generalgouvernement können das Bild wohlfeil bei mir erwerben und in ihrer Dienststube aufhängen. Dann wissen sie immer, wem sie zu treuen Diensten verpflichtet sind. Und weil dein Kopf auf dem Bild drauf ist, bekommst du einen Teil vom Erlös.«

Sie stießen auf ihre Absprachen an und leerten ihr Glas. Der Generalgouverneur schob seinen Stuhl zurück und wollte aufstehen.

»Bleibt ein Problem«, sagte Eugen.

»Welches?«

»Wenn ich feinste Bilder drucken will, dann brauche ich feinkörnigen Kalksandstein von bester Qualität.«

»Und wo gibt es diesen Stein?«

»Mir sind mehrere Fundorte bekannt: Auf der südlichen Krim im Krimgebirge. In den baltischen Provinzen Russlands in der Gegend von Kelloway, Popilani. Und im bayerischen Solnhofen. Gedruckt habe ich bisher nur mit dem bayerischen Stein. Die anderen müsste ich erst ausprobieren.«

»Schreib's meinem Adjutanten auf. Er soll sich darum kümmern. Ich sag's ihm gleich. Die Details kannst du mit ihm besprechen.«

*

Kaum war Eugen wieder zuhause, wollte ihm sein alter Lehrer eine neue Seite der Stadt zeigen. Noch war es nicht Abend, noch schien die Sonne und beleuchtete Straßen und Häuser.

Zuerst eilten sie zur Remeslennaja, der Hand-werks-straße. »Die meisten Handwerker in dieser Straße sind deutsche Einwanderer«, erklärte Hofmann. »Zimmerleute, Wagenbauer, Tischler, Schuhmacher, Drechsler, Schneider, Konditoren, Bäcker, Buchdrucker, Buchbinder und Uhrmacher.«

Sie betraten die Tischlerei, wo der Magister die fünf mitgebrachten Lithografien ausrollte und den deutschen Meister um Rat fragte. Der holte aus einem Regal verschiedene Leisten, die er an die Bilder hielt. Zu dritt entschieden sie sich für eine breite Buchenleiste, außen reich ziseliert, nach innen glatt und in zwei Stufen abfallend. Der Meister versprach, sie nach dem Zuschneiden und Zusammenleimen zu vergolden, außen dunkler, innen heller.

Ungefragt erzählte der Meister von seiner Heimat in Württemberg, von Heeres- und Frondiensten, von fehlender Glaubensfreiheit und beruflichen Zwängen in der Zunftordnung. Darum habe er sich einem Auswandererverein angeschlossen, seinen Besitz verkauft, aufs heimatliche Bürgerrecht verzichtet und beim russischen Gesandten Juri Alexandrowisch Golowkin in Stuttgart einen Pass erbettelt. Mit zwanzig anderen Familien sei er im Planwagen nach Ulm gefahren und mit einer Ulmer Schachtel bis Ismail auf der Donau gekommen. Nach vierzig Tagen Quarantäne unter freiem Himmel endlich Weiterfahrt auf dem Dnjestr bis nach Odessa. Nach der Registrierung und dem Treueeid auf den russischen

Zaren habe er vierzigtausend Rubel vom Generalgouvernement erhalten, um sich hier niederzulassen. Vor drei Jahren habe er eine Winzertochter aus der Heimat geheiratet. Jetzt gehöre ihm dieser schöne Laden. Und im Obergeschoss versorge seine Frau ihren Erstgeborenen. Für Neusiedler sei es in Russland wahrlich viel besser als in der alten Heimat. Auch sein Nachbar denke so, ein Zimmermann aus Sachsen, ein findiger Kopf, der Häuser und Brücken bauen könne.

Nachdenklich verließ Eugen die Tischlerei und sah sich um: War hier alles besser als in Heilbronn? Gewiss, die Straßen waren ungemein breit, gepflastert und schnurgerade. Keine krummen und engen Gassen wie am Neckar. Gewiss, in der ganzen Stadt frische Luft und kein Gestank wie in den Heilbronner Gassen. Ja, viele Bäume, Pappeln und Akazien, zuweilen auch Linden, zu beiden Seiten der Hauptstraßen. Dazu mehrere Parkanlagen in der Stadt. Und von jeder Stelle konnte man entweder die weite Steppe oder das blaue Meer sehen. Ja, gestand er sich ein, hier kann man leben, gut sogar, wenn man ein Glücksritter ist. Und er war einer.

Eugen seufzte. Hofmann sah ihn fragend an, aber Eugen versicherte, es gehe ihm gut.

Sie schlugen den Weg zur Abbruchkante am Hafen ein.

»Im Juni, Juli und August ist es heiß, öfters sogar unbarmherzig heiß«, berichtete der Magister. »Dazu ein heißer Wind aus den Steppen, der durch die Straßen pfeift. Er bringt Staub, feinen schwarzen Sand, der in großen Wolken durch die Stadt treibt und die Luft sti-

ckig macht. Er dringt durch alle Türen und Fenster-
fugen.«

Eugen erschrak. Doch nicht alles besser als am Neckar? Besorgt fragte er: »Und was macht ihr dagegen?«

»Siehst du doch. Viele Bäume an den Straßen und in
den zahlreichen Parkanlagen. Die spenden Schatten.
Und gepflasterte Straßen. Andernfalls hätten wir hier
Sandstraßen. Da wäre alles noch schlimmer. Leider gibt
es nirgendwo Steinbrüche. Darum müssen die russischen
Segelschiffe, die ja Ballast brauchen, sonst würden sie in
den Mittelmeerstürmen kentern, in Italien und Malta
Quadersteine laden und hier beim Ankern abgeben. Auf
der Rückreise haben sie Weizensäcke an Bord, da brauchen sie keinen zusätzlichen Ballast.«

Überall wurde gebaut. Wenige Häuser waren einge-
schossig, die meisten zweigeschossig, mit flachen Eisen-
dächern gedeckt. Dazwischen einzelne Paläste. In dreißig Jahren seien rund tausendsiebenhundert Häuser aus
Stein gebaut worden, meinte Hofmann. Am Stadtrand
stünden noch etwa zwanzig Holzhäuser aus der Grün-
dungszeit. Und immer wieder kamen sie an Kornmaga-
zinen vorbei, Fenster an Fenster auf allen vier Seiten, erbaut mit derselben Eleganz wie Wohnhäuser. »Insgesamt
sind es rund zweihundertfünfzig, über die ganze Stadt
verteilt«, sagte Hofmann. »Auf Ochsenkarren kommt
das Getreide aus den gesamten neurussischen Gebieten
hierher, wird in diesen Magazinen gelagert und dann
nach England, Österreich, Ungarn und die deutschen
Staaten verschifft.«

Sie erreichten die Abbruchkante und schauten ein

Weilchen über die endlose Wasserfläche, sahen im Norden den Kriegshafen, russischen Kriegsschiffen und russischen Frachtschiffen vorbehalten, denn sie galten als unverdächtig und pestfrei. Direkt unter ihnen der Frachthafen für alle ausländischen Schiffe und Passagiere. Alle mussten in Quarantäne, weil sie durch den pestverseuchten Bosporus gesegelt waren. Von beiden Häfen führten schmale Fußsteige in Serpentinen zur Stadt herauf. Große und schwere Fracht wurde mit Ochsengespannen zuerst am Meer entlang und dann in weitem Bogen in die Stadt hinauf transportiert.

Sie bogen nach Südwesten ab. Linker Hand das Theater, wie ein griechischer Tempel erbaut, an der Frontseite sechs Säulen, die den Giebel tragen. Rechter Hand, auf einem Felsvorsprung, das Quarantänefort.

»Unsere Zitadelle sagen die Leute. Sie ist mit Mauern, Befestigungen und Gittern umgeben. Davor bilden Soldaten, mit Flinten und Pistolen bewaffnet, eine Wachlinie, über die keiner hinein oder hinaus kann. Hinter den hohen Mauern sind Häuser für ankommende Reisende, Ärzte und Beamte. Außerdem viele Warenspeicher für verdächtige Waren und ein Quarantänehospital für die kranken Passagiere. Sogar auf dem Meer«, der Magister deutete weit über den Zivilhafen hinaus, »liegen armierte Schiffe, jedes mit vierzig Soldaten und ein paar Kanonen bestückt. Das nennt man hier die Brandwache. Und vor der Brandwache kreuzt eine schwer bewaffnete Fregatte, die jedes ankommende Schiff auf Abstand hält, bis es durchsucht ist. Erst dann darf es im Hafen ankern. Waren und Besatzung müssen für vierzig Tage in die Zitadelle.«

Im Abendlicht schlenderten sie nach Süden, sahen linker Hand eine große Baustelle. Der Magister erläuterte: »Da entsteht das neue Lyzeum. Einflussreiche Leute wollen, dass es nach Herzog Richelieu benannt werden soll, dem Vorgänger des jetzigen Generalgouverneurs. Der jetzige ist ein schlauer Fuchs. Auf jeden im Hafen ausgeführten Tschetwert Getreide, das sind rund vier preußische Scheffel, erhebt er eine Kulturabgabe von dreieinhalb Silberkopeken. Damit wird das Lyzeum errichtet und eine Hochschule für Rechtswissenschaft, Nationalökonomie und Handelswissenschaft gebaut.«

Gleich daneben eine große Baumschule. »Damit es noch mehr Schatten gibt und der Staub noch besser gebunden wird.« Der Magister blieb stehen und lächelte Eugen an: »Die Setzlinge werden auf der Krim und in Moldawien gekauft, hier kultiviert und vermehrt und entlang der Straßen und in den Parks eingepflanzt. Nicht mehr lange, und wir haben genug Schatten und nur noch wenig Staub und Sand in der Stadt. Du wirst's erleben.«

Sie gingen durch Seitenstraßen, an der griechischen Kirche und der Synagoge vorbei, bis zur Kathedrale. Hier berichtete Hofmann stolz: »Odessa hat zwei Schiffswerften, acht Gotteshäuser, zwei öffentliche Bäder, drei Privatbanken, eine Börse, ein Kaufhaus, das sie hier Basar nennen, dreißig Fabriken, sieben Schmieden, eine Buchhandlung und eine große Brauerei. Demnächst eröffnet eine staatliche Bank, die auch ausländisches Geld ausgibt und entgegennimmt.«

Eugen nickte zufrieden. Auch ihn durchströmte ein Gefühl von Stolz und Selbstbewusstsein.

*

In der folgenden Nacht träumte Eugen von der Steppe und dem feinen Staub. Er wähnte sich wieder in einem Dorf auf der hügeligen Bergseite, der Westseite der unteren Wolga.

Es war Frühjahr. Die Steppe entlang der Wolga verwandelte sich vor seinen Augen in eine blühende Landschaft. Millionen gelbe und rote Wildtulpen, duftender Majoran und unendliche Weiten voller Schafgarbe. Viele im Dorf waren deutsche Aussiedler, keine Abenteurer, ehrsame und fleißige Bauern und Handwerker. Sie waren nach Russland gekommen, weil ihnen in ihrer Heimat Heeres- und Frondienste für den eigenen Fürsten und fremde Mächte drohten, weil sie ihrer Glaubensfreiheit beraubt wurden und weil die starre Gesellschafts- und Zunftordnung ihnen keine beruflichen und persönlichen Freiheiten gönnte.

Er sah sich als Kind mit Freunden zu den Kosaken rennen, die mal schwermütige, mal übermütige Lieder sangen, mit dem Wind um die Wette reiten konnten und ihn das Reiten mit und ohne Sattel lehrten.

Er sah sich als Zehnjährigen, der in wenigen Augenblicken wirklichkeitsgetreu wiedergeben konnte, was er nur einen Augenblick lang angeschaut hatte. Vor allem Pferde zeichnete er: heranstürmende Hengste, galoppierende Rappen, trabende Schimmel, grasende Stuten, spielende Fohlen, Reiter zu Pferd und vor allem Kosaken hoch zu Ross.

Der Ataman, das Oberhaupt der Kosaken, besorgte ihm Papier und Bleistift und brachte ihn zu einem alten Mann, der ihm zeigte, wie man Bleistiftzeichnungen koloriert. Der Alte unterwies ihn auch in der Kunst, aus farbigen Steinen, Erden, Pflanzen und Rinden Pigmente herzustellen und aus diesen Farbpigmenten, etwas Eigelb, ein paar Spritzern Wasser und fünf Tropfen Leinöl leuchtende Farben anzurühren, mit denen man Zeichnungen färben oder bunte Bilder auf Papier, grundierte Holztafeln oder gegerbte Felle malen konnte.

Von nun an schickte der Ataman vor jedem Fest der Kosaken nach Eugen. Er wies ihm einen Platz an seiner Seite an, ließ ihn fürstlich bewirten und bat ihn, das Gesehene zu Papier zu bringen. Für die Kosaken wurde es mit der Zeit ein vertrauter Anblick: Schweigend saß der Ataman vor seinem Zelt, spielte mit seiner Nagaika, der Lederpeitsche, und sah dem bunten Treiben zu. Neben ihm kauerte Eugen vor einem kleinen Tisch und zeichnete. War ein Bild fertig, belohnte der Ataman seinen kleinen Freund mal mit einem Silberstück, mal mit seltenen Pigmenten, gelegentlich auch mit Zeichenpapier und Stiften.

Er sah sich als Achtzehnjährigen, wie ihn der Ataman zum Chef des Gouvernements brachte, einem feisten Mann mit rotem Gesicht. Der Ataman war offensichtlich mit dem mächtigen Gouverneur befreundet. »Das, Väterchen Michailowitsch«, sagte der Ataman, »ist der junge Mann, über den ich dir nur Gutes zu berichten weiß.«

Der Gouverneur kniff ihn, Eugen, in die Backe, gab ihm Papier und Bleistift und befahl: »So, mein Junge, male mich!«

Er, inzwischen ein pfiffiges Kerlchen, entwarf in wenigen Augenblicken eine sehr schmeichelhafte Zeichnung des mächtigen, aber blitzhässlichen Mannes.

»Du hast recht«, wandte sich der Gouverneur hocherfreut an den Ataman: »Dieser junge Mann hat den besten Zeichenunterricht der Welt verdient.«

Er träumte von seiner Reise nach München, auf Kosten des Gouvernements, wo er die erste lithografische Kunstanstalt der Welt besuchte. Bei Tage sah er sich bei Professor Mitterer im Zeichenunterricht sitzen und die Steingravierkunst und den Bilderdruck erlernen und bei Nacht der Tuchhändlerin delikate Gefallen erweisen.

Und er sah sich einen heiligen Eid leisten, der ihn zur Geheimhaltung dieser neuen Kunst und zu unverletzlicher Verschwiegenheit über alle technischen Details verpflichtete. Dann händigte man ihm ein herausragendes Zeugnis aus. Erst jetzt durfte er die Schule verlassen.

Wossinsk

Als Eugen am Morgen erwachte, durchströmte ihn ein Glücksgefühl. Nur für einen Augenblick zwar, wie das beim Glück immer so ist. Aber er nahm sich fest vor, alles dafür zu tun, noch viele Glücksmomente genießen zu können.

Beim Frühstück erklärte die Fürstin, sie habe ihm einen Wechsel über fünftausend Rubel ausgestellt. Künftig bekomme er jedes Jahr so viel. Im Bankhaus nahe dem Palast des Generalgouverneurs könne er sich monatlich sein Geld abholen.

Eugen dankte verlegen.

Sie lächelte ihn an: »Ich weiß, du willst von deiner Kunst leben. Das wirst du auch schaffen, denn du bist ein Samarow. Und dennoch gehört dir ein Teil des Gewinns, den unsere Güter rund um Wossinsk abwerfen. Du solltest mal hinfahren und dich deinen Leuten vorstellen.«

»Wann ist die beste Reisezeit?«

Die Fürstin warf dem Magister einen auffordernden Blick zu.

»Mitte, Ende Oktober«, antwortete Hofmann. »Dann ist es noch nicht so kalt wie im Dezember, Januar und Februar. Außerdem regnet es selten, und die Straßen sind in gutem Zustand.«

»Also in fünf bis sechs Wochen?«, vergewisserte sich Eugen.

Als der Magister nickte, fragte Eugen: »Muss ich allein reisen, oder begleitet mich jemand?«

»Mir ist es zu beschwerlich«, sagte die Fürstin.

»Und ich muss Bohnen, Gurken, Rüben und Kohl einmachen«, wehrte die Haushälterin ab.

»Magister Hofmann wird es gerne tun«, meinte die Fürstin. »Er ist ja noch kein alter Mann und liebt das Reisen.«

Während sie aßen und der Lehrer aufzählte, was er für die Fahrt nach Wossinsk vorbereiten müsse, kalkulierte Eugen im Stillen überschlägig die anstehenden Arbeiten bis zur Abreise. Und nicht vergessen, rief er sich ins Gedächtnis: Der Generalgouverneur wartet auf sein Porträt.

Eugen schloss sich in sein Atelier ein und machte sich ans Rubeldrucken. Weil die Handgriffe saßen, war er in Gedanken woanders. Was tun mit dem vielen Geld? Diese Frage beschäftigte ihn, während er mit jeder Stunde reicher und reicher wurde.

Wenn das feine Papier aufgebraucht ist, werde ich kein neues besorgen, nahm er sich fest vor. Der Papierkauf könnte auffallen und das gesamte Vermögen gefährden. Außerdem reichten die mitgebrachten Großelefantbogen für mehr als zweihunderttausend Rubel. Allerdings müssten die falschen Rubelscheine so schnell wie möglich unter die Leute! Aber wie? Falschgeld gegen Gold- und Silbermünzen tauschen? Nur begrenzt möglich! Mit Falschgeld Waren einkaufen? Wenn, dann günstig einkaufen und teuer verkaufen! Aber was? Eine Geschäftsidee musste her, die das Vermögen nicht kleiner, sondern größer macht.

Als er zum Mittagessen wieder in den oberen Stock hinaufstieg, traf ihn die Erkenntnis wie ein Blitz aus heiterem Himmel: Du musst unters Volk! Dich umhören! Was wird gebraucht? Was könnte sich lohnen, damit zu handeln?

Nach dem Essen kleidete er sich um und ging schnellen Schrittes zum Palast. Er müsse Seine Exzellenz sprechen, sagte er dem Adjutanten und setzte den schwarzen Zylinder ab. Kurze Zeit später wurde er ins Dienstzimmer des Generalgouverneurs geführt.

»Willkommen, mein Lieber!« Langéron stand hinter seinem schweren, barocken Schreibtisch auf und schob das Buch, in dem er gerade gelesen hatte, zur Seite. Eugen konnte den Buchtitel lesen: *St. Petersburger Taschen-Kalender auf Das Jahr 1816.*

Der Gouverneur begrüßte den Gast mit Handschlag. »Ohne schwarzen Zylinder gehst du wohl nicht aus dem Haus?«

»Du musst wissen, mein lieber Alexandre, dass alle Lithografen schwarze Zylinder tragen.«

»In der Tat, das wusste ich nicht! Schließlich bist du der erste Lithograf in meinem Leben. Bei Gelegenheit musst du mich in deine Kunst einweihen. Aber was führt dich heute zu mir?«

»Ich habe dir doch ein Porträt versprochen. Das kann ich aber nur machen, wenn du mir Modell stehst. Wann darf ich deine kostbare Zeit in Anspruch nehmen?«

»Wie oft?«

»Zwei-, besser dreimal.«

»Wann?«

»So bald wie möglich. Fürstin Samarow will, dass ich im Oktober unsere Güter bei Wossinsk inspiziere. Davor sollte dein Porträt fertig sein.«

Sie vereinbarten die drei kommenden Tage, jeweils um drei Uhr nachmittags.

Wieder zuhause, zog sich Eugen erneut um. Dann bat er seinen treuen Magister, mit ihm ein Café aufzusuchen. Am liebsten eines, in dem Kaufleute verkehren.

»Da gibt es zwei«, sagte Hofmann, »das erste in unserer Straße und das zweite beim kleinen Fort in Hafennähe.«

Als sie das Haus verließen, fragte der Magister: »Willst du mit Kaufleuten ins Gespräch kommen?«

»Der Gutsverwalter wird uns bestimmt darüber informieren, was auf unseren Gütern angebaut und wohin es verkauft wird. Ich möchte von Kaufleuten hören, welche Waren besonders gefragt sind. Wie du siehst, bereite auch ich mich auf unsere Reise nach Wossinsk vor.«

Im *Café Europa* war kein Tisch frei. Magister Hofmann, ein gern gesehener Gast, weil er neben Russisch auch Deutsch und Englisch sprach, erspähte zwei alte Bekannte und fragte, ob er sich mit seinem Begleiter an ihren Tisch setzen dürfe.

»Das ist Fürst Samarow.« Hofmann stellte Eugen auf Englisch vor. Und an Eugen gewandt auf Russisch: »Diese Gentlemen kommen aus London. Lord Snowhill«, er deutete eine Verbeugung vor dem grauhaarigen Herrn mit Kneifer an, »und Mister Barloy zu seiner linken Seite.« Und wieder eine leichte Verbeugung. »Die Herren haben hier in Odessa Niederlassungen eröffnet und sind am Export nach England maßgeblich beteiligt.«

Die beiden Engländer begrüßten Eugen mit einem freundlichen Kopfnicken. »Dann sind Sie der junge Mann, der erst kürzlich aus Österreich nach Hause gekommen ist«, sagte Lord Snowhill auf Russisch und lud die Neuankömmlinge mit einer ausladenden Geste ein, Platz zu nehmen. »Ich habe von Ihrem Schicksal gehört, Durchlaucht. Willkommen in der Heimat.«

Mister Barloy sagte, auch auf Russisch: »Endlich können Sie, Durchlaucht, Ihre Heimatstadt genießen. Odessa ist in wenigen Jahren zu einem der schönsten Orte in Russland, nein, was sage ich, in ganz Europa geworden.«

Der Lord bestellte eine Karaffe Ginger Ale.

Sie plauderten ein wenig über das angenehme Herbstwetter und die zahlreichen Schiffe, die im Hafen vor Anker lagen.

Als der Ober die Karaffe brachte und vier Gläser füllte, fragte der Lord: »Kennen Sie Ginger Ale, Durchlaucht?«

»Nein, Sir.«

»Das ist Gin mit Ingwer und etwas Zucker. Sehr erfrischend. Probieren Sie, Durchlaucht!«

Eugen nippte an seinem Glas: »Köstlich, Sir, in der Tat.«

»Dann trinken wir auf Ihr Wohl, Durchlaucht, und auf gute Geschäfte.«

Lord Snowhill kam jetzt zur Sache: »Wie ich gehört habe, soll Fürstin Samarow auch Gutsbesitzerin sein. Das wird ja wohl schon bald alles Ihnen gehören. Ich würde mich freuen, mit Ihnen ins Geschäft zu kommen.«

Eugen lachte in sich hinein. Die Herren witterten ein Geschäft. Ehrlich gestand er: »Dass Waren bis nach England verschifft werden, wusste ich gar nicht.«

Mister Barloy klärte auf: »England ist hier in Odessa sogar der wichtigste Handelspartner, noch vor Russland, Österreich und den deutschen Staaten.«

Eugen war sprachlos und schaute Meister Hofmann fragend an, doch der schwieg. Dafür antwortete Lord Snowhill: »Sie können es uns schon glauben. Ein Drittel aller Ausfuhren ab Odessa gehen auf die britische Insel.«

»Und für welche Waren interessieren Sie sich besonders, meine Herren?« Eugen beugte sich über den Tisch, um besser hören zu können, denn am Nebentisch wurde laut Karten gespielt. »Für Weizen, vermute ich.«

»Auch«, sagte der Lord, »am meisten jedoch für Gerste. Auf den Schwarzerdböden rings um Odessa gedeiht eine besonders schmackhafte Gerste.«

»Ich kaufe auch Wolle und Welschkorn«, ergänzte Mister Barloy.

Eugen zog die Stirn kraus. »Was ist denn das?«

Barloy lachte. »Ganz einfach: Mais.«

»Sie interessieren sich also nur für Getreide?«, fasste Eugen das bisher Gehörte zusammen.

»Keineswegs!« Lord Snowhill zog ein Notizbuch aus seinem Jackett und blätterte darin. »Ich habe binnen Jahresfrist«, er schaute in sein Buch, »über tausend Pferde und achthundert Ochsen aufgekauft und nach England verfrachtet. Außerdem vierzigtausend Pud Tabak und achthundert Pud Weizenmehl.«

Eugen wandte sich flüsternd an den Magister: »Pud, was ist das?«

»Ein Pud sind ungefähr dreiunddreißig Pfund«, erklärte Hofmann leise.

»Und ich«, sagte Mister Barloy, »habe neben Gerste, Weizen und Mais rund fünfhundert Pud Buchweizenmehl, dreihundert Pud Erbsen, hundert Pud Bohnen und achtzig Pud Kleie gekauft. Dazu viel Wolle, wie ich schon sagte.«

»Sind Sie Konkurrenten?«

»Beim Einkauf schon«, sagte Lord Snowhill, »aber ich bringe die Waren ausschließlich nach London, während Mister Barloy vor allem Hull, Leith und Liverpool beliefert. Aber wir sind nicht die einzigen englischen Händler in Odessa.«

»Darf ich fragen, was Sie auf Ihrem Gut produzieren, Durchlaucht?«, wandte sich Mister Barloy an Eugen.

»Ich weiß es nicht. Ich bin ja erst ein paar Tage hier. Nächsten Monat inspiziere ich unseren Besitz.«

»Darf ich Sie dann kontaktieren?«

»Selbstverständlich«, sagte Eugen. Aus den Augenwinkeln sah er, wie Lord Snowhill die Augenbrauen hob und dann meinte: »Darf ich Durchlaucht und Magister Hofmann ins Theater einladen?«

Eugen sah Hofmann fragend an, und als der nickte, antwortete er: »Gern, aber nur, wenn's was Lustiges zu sehen gibt.«

»In der nächsten Woche wird ein deutsches Lustspiel

aufgeführt, das ins Russische übertragen wurde. Letztes Jahr war es eine große Sensation in Wien. Es heißt *Das Ehrenwort*. Ich selbst habe es noch nicht gesehen, aber ich habe gehört, dass die Premiere mit ausgezeichnetem Beifall aufgenommen wurde. Die Leute hätten aus vollem Hals gelacht.«

»Dann sind wir dabei, Sir, und danken heute schon für die Einladung.«

*

Am folgenden Nachmittag kam Eugen vor der vereinbarten Zeit an. Graf Langéron empfing ihn dennoch sofort. Er trug die Uniform eines russischen Infanteriegenerals. Goldbestickt die breite Halskrause und die aufgeknöpften Epauletten. Quer über rechter Schulter und Brust die breite grüne Schärpe des Generalgouverneurs. Um den Hals und auf der Brust zahlreiche Orden.

»C'est censé être un portrait officiel. Es soll ja ein offizielles Porträt werden«, erklärte der Graf seinen Aufzug.

»Ich habe gehofft, lieber Alexandre, dass du dich so kleidest. Nur so können wir das Bild an alle Ämter verkaufen.«

»Pourquoi as-tu apporté un sac? Wozu hast du eine Tasche mitgebracht?«

»Da ist alles drin, was ich zur Vorzeichnung der Lithografie brauche: Zeichenpapier, ein paar Bleistifte, Aquarellfarben und Pinsel.«

»Du meinst Wasserfarben!«

»Nein, Aquarellfarben. Im Prinzip sind das zwar auch

Wasserfarben, aber sie enthalten viel mehr Farbpigmente und sind folglich farblich intensiver. Wir wollen doch kein blasses Bild, sondern einen lebhaften Gesichtsausdruck und eine leuchtende Uniform vor einem strahlenden Hintergrund.«

»Und wie willst du mich malen?«

»Ich schlage ein Halbporträt vor, also nur Kopf und Brust, dann sieht man Uniform, Schärpe und alle Orden und Ehrenzeichen. Und so kann ich dein ausdrucksstarkes Gesicht in allen Details wiedergeben.«

»Wenn du meinst. Du bist der Künstler, der Kreateur.«

»Ich möchte, dass du mir beim Zeichnen in die Augen schaust. Das bewirkt, dass du alle in den Amtsstuben vom Bild herab anschaust, egal, wo sie im Raum sitzen oder stehen. Du hast sie so immer im Blick.«

Langéron lachte: »Honi soit qui mal y pense. Ein Schelm, der Böses dabei denkt.«

»Dann wollen wir mal anfangen. Weil die Beine nicht ins Bild kommen, kannst du dich setzen.«

»Wohin?«

»Egal. Ich male den Hintergrund sowieso goldgelb, dann wirkst du noch strahlender.«

»Darf ich reden?«

»Ich bitte darum.«

»Auch einen Cognac trinken?«

»Aber ja, Alexandre!«

Der Generalgouverneur rief seinen Adjutanten herein und bestellte eine Flasche Cognac und zwei Gläser.«

»Und für mich noch ein Glas Wasser für meine Farben.«

Als das Gewünschte gebracht wurde, stießen sie auf das Gelingen der Lithografie an.

Während Eugen das linke Auge zukniff und über einen Bleistift peilend das Gesicht des Gouverneurs vermaß, berichtete dieser von einem Schreiben, das er heute Morgen erhalten habe. Darin teilte Generalfeldmarschall Fürst Wolkonski mit, dass Seine Majestät den Frauen und Kindern jener elsässischen Männer, die in den Kriegen gegen Napoleon gefallen waren, einen russischen Pass und den kostenlosen Transport nach Odessa versprochen habe, falls sie in Neurussland siedeln wollten. Er als Generalgouverneur sei verpflichtet, den Anreisenden in jeder Form behilflich zu sein.

»Verstehe! Das macht Arbeit, aber unterm Strich nützt es doch unserem Land und damit auch dir«, gab Eugen zu bedenken.

Und noch etwas habe er aus dem Umfeld Seiner Majestät erfahren, erzählte Langéron. Bei der Einnahme eines Schlosses in Frankreich sei den russischen Truppen die Garderobe eines französischen Grafen in die Hände gefallen. Das müsse ein eitler Pfau gewesen sein!

»Stell dir vor: tausendzweihundert Perücken, dreihundert Paar Stiefel und fünfhundert Samthosen. Die Soldaten haben den ganzen Plunder unter sich aufgeteilt.«

Eugen zeigte ein angestrengtes Gesicht. Er schwieg.

»Tu es si muet, mon ami. So stumm? Kommst du voran?«

Eugen, einen Bleistift im Mund und einen hinterm Ohr, nuschelte, alles sei in Ordnung, nur könne er gerade nicht reden, weil er die entscheidendste Stelle im ganzen Porträt bearbeite: die Augen. Aber er höre gern zu.

Der Generalgouverneur nahm einen großen Schluck aus seinem Glas und erzählte eine Geschichte, die ihn offensichtlich selbst am meisten belustigte: Vor vier Jahren hätten die Engländer die Insel Java erobert. Als sie den Palast des Sultans betraten, hätten sie ihren Augen nicht getraut. Das Gemach des Sultans sei von dreihundert Amazonen bewacht worden, alle mit Speeren und Schilden bewaffnet und militärisch trainiert.

»C'est une honte! Eine Schande!«, sagte der Gouverneur und klopfte sich lachend auf die Schenkel, »dass wir nicht mehr über diese seltsame Anstalt wissen. Vor allem würde mich interessieren, wie der Sultan auf den Gedanken verfallen ist, sich von Mädchen bewachen zu lassen.«

Eugen war mit den Nase- und Mundpartien beschäftigt und schwieg immer noch.

Wie bring ich ihn dazu, dass er den Mund aufmacht?, überlegte Langéron und verfiel auf die Idee, ihm viele Fragen zu stellen.

»Sag mal, Ewgenij, wie ich gehört habe, bist du jetzt Mitbesitzer größerer Ländereien. Hast du die überhaupt schon einmal gesehen?«

»Nein, aber ich reise demnächst mit Magister Hofmann nach Wossinsk und schau mir alles an.«

»Mit Anschauen ist's aber nicht getan.«

»Weiß ich.«

»Du musst auch Entscheidungen treffen. Was soll auf den Feldern angebaut werden? Wohin soll die Ernte verkauft werden? Willst du alle Entscheidungen deinem Gutsverwalter überlassen?«

»Gewiss nicht. Erst verschaffe ich mir einen Überblick, dann entscheide ich: Was bauen wir in den nächsten Jahren an? Wo und was kaufen wir hinzu?«

»Du willst investieren?«

»Vielleicht. In den nächsten Tagen verschaffe ich mir im Bankhaus nebenan einen Überblick über unsere Finanzen.«

»Odessa wächst rasant, unser Hafen nimmt Jahr um Jahr an Bedeutung zu. Immer mehr Einwanderer strömen ins Land und packen an. Jetzt gilt es, mein lieber Ewgenij! Du musst den Aufschwung mitnehmen. Auch ich stecke mein Geld in den Warenexport und -import.«

Graf Langéron lachte und zeigte seinen Ellbogen: »Lieber so viel handeln«, und streckte dann seinen kleinen Finger nach oben«, »als so viel arbeiten. Im Handel wird das große Geld verdient, nicht mit Arbeit.«

Eugen schwieg wieder. Er zeichnete die Haartracht seines Gegenübers und kolorierte sie dunkelbraun.

»Hast du schon Kontakte geknüpft?«

»Wann denn? Ich bin doch erst ein paar Tage hier. Aber zwei Engländer habe ich getroffen: Lord Snowhill und Mister Barloy.«

»Ein ungleiches Paar!« Langéron schmunzelte. »Dem Lord kannst du trauen. Aber der Barloy ist ein windiger Hund. Übrigens sind beide in der Bredouille.«

Eugen ließ erschrocken seinen Pinsel sinken. »Warum das denn?«

»England hat das Freihandelsabkommen gekündigt. Es

erhebt jetzt hohe Schutzzölle auf alle Getreideimporte. Zum Schutz der einheimischen Landwirtschaft. Darum sind beide Herren auf der Suche nach anderen Waren, mit denen sie Handel treiben können.«

»Und auf welche Waren setzt du dein Geld, Alexandre?«

»Ich streue meine Anlagen breit. Mit Getreide kann man immer Geld verdienen. Doch Mehl lässt sich leichter und länger lagern und exportieren als Getreide. Auch der Mineralienhandel ist interessant: Gold, Eisen, Kupfer und Blei gibt es bei uns genug. Und schließlich gilt es zu bedenken, dass Russland künftig viele Produkte selbst herstellen muss. Warum also nicht in Manufakturen und Fabriken investieren? Warum Eisenerz ausführen? Warum nicht bei uns zu Eisen und Stahl verarbeiten? Warum Schafwolle exportieren? Wäre es nicht an der Zeit, dass wir Leinwand und Wolltuch selbst herstellen und nicht mehr aus England importieren?«

Eugen war nachdenklich geworden. Sollte er das viele Falschgeld auch so breit anlegen? »Wenn ich einen Überblick über unsere Ländereien und unser Vermögen habe, darf ich dich dann um Rat fragen? Als Generalgouverneur hast du den besten Überblick.«

»Natürlich, aber erst macht du mein Bild fertig. Wie weit bist du übrigens?«

»Schau selbst!«

Langéron stand auf, nippte an seinem Glas und trat hinter Eugen. Zwei dunkle Augen blickten ihn aufmerksam an. Der ganze Kopf war modelliert und zum Teil schon koloriert, der übrige Körper skizziert und angedeutet.

»Je suis submergé, ich bin überwältigt!« Der Generalgouverneur strahlte.

»Wart's ab, bis das Porträt fertig ist!« Eugen begann, seine Sachen in die Tasche zu packen. »Genug für heute. Wenn ich zu lange zeichne, lässt meine Konzentration nach. Dann wird das Bild nicht gut.«

Sie plauderten noch ein Weilchen und tranken die Flasche leer.

*

In den nächsten Tagen arbeitete Eugen von frühmorgens bis spätabends. In den Morgenstunden, wenn er noch frisch und konzentriert war, stellte er Falschgeld her.

In der Bank hatte man ihm mitgeteilt, dass das fürstliche Vermögen, die Ländereien um Wossinsk nicht mitgerechnet, rund eine Million Rubel betrug. Außerdem hatte er erfahren, dass inzwischen rund fünfhundert Millionen Rubel als Papiergeld in Umlauf waren. Und er hatte erkannt, dass kein Mensch in Russland ahnen konnte, was nur er wusste und vielleicht noch ein paar Männern in München dämmerte: Mit der neuen Kunsttechnik ließen sich die herkömmlichen Geldscheine mühelos fälschen.

Dennoch war er auf der Hut. Darum hatte er sich auf der Bank tausend Rubel in neuen 50-Rubel-Scheinen ausbezahlen lassen. Die prüfte er auf Herz und Nieren. War irgendein Detail anders? In der Tat. Die rechte

Unterschrift auf der unteren Zeile war bei vier Scheinen neu. Offensichtlich gab es einen neuen Direktor bei der Russischen Assignationsbank. Ab welcher Seriennummer trugen die Scheine die neue Unterschrift?

Er hatte verschiedene Listen mit Seriennummern angelegt. Auf jeden neuen Geldschein druckte er die individuelle Seriennummer erst, wenn er sie auf der Liste abgestrichen hatte. So war er sicher, keine Dubletten zu fertigen. Außerdem nahm er bei jedem neuen Schein eine andere Liste zur Hand. So entstanden keine fortlaufenden Seriennummern.

An den Nachmittagen beschäftigte er sich mit Langérons Porträt. Drei Sitzungen hatten ausgereicht, um eine kolorierte Zeichnung mit allen Details zu fertigen. Jetzt übertrug er diese Punkt für Punkt seitenverkehrt auf einen polierten Schieferstein.

Immer wieder ertappte er sich dabei, dass seine Gedanken um die Frage kreisten: Was mach ich mit dem vielen Geld?

Im Bankhaus hatte man ihm einen Floh ins Ohr gesetzt: »Goldminen sind sehr lukrativ, Durchlaucht! Seit ein paar Jahren wird an der Westseite des Urals goldhaltiger Sand ausgewaschen. In fünf bis zehn Jahren wird Russland der größte Goldproduzent der Welt sein. Es gibt nur einen Haken: Alle Gold- und Silberminen gehören Seiner Majestät. Aber«, der Bankier senkte die Stimme, »unser Generalgouverneur hat eine besondere Beziehung zum Zaren. Sprechen Sie mit ihm. Vielleicht …«

»Ich will aber mein ganzes Geld nicht auf ein Objekt setzen«, hatte er entgegnet.

»Sollen Sie auch nicht, Durchlaucht, nur einen Teil.«
Er senkte wieder die Stimme: »Männer, die Seiner Majestät nahestehen, können Lizenzen an Gold- und Silberminen erwerben.«

»Und mit welcher Summe wäre ich gut dabei?«

»Hunderttausend.«

Eugen hatte hin und her überlegt, bis ihm eine Idee gekommen war: »Ich fahre demnächst nach Wossinsk. Die Fürstin will, dass ich unsere Güter inspiziere und mich unseren Leuten vorstelle. Sie hat dort eine beträchtliche Summe liegen.«

»Um Himmels willen, Durchlaucht! So bringt das Geld keinen Gewinn! Bringen Sie's her, und wir erarbeiten für Sie einen Vorschlag, wie sie Ihr Vermögen rasch verdoppeln können.«

»Sie meinen, ich soll mit ein paar Säcken voller Gold- und Silberrubel durch die Landschaft kutschieren?«

»Aber nein, Durchlaucht! Bringen Sie das Geld in Rubelscheinen. Fünfzigtausend Rubel in 50-Rubel-Scheinen sind bloß tausend Zettel. Sogar hunderttausend Rubel in Scheinen passen bequem in eine Reisetasche.«

»Wenn Sie meinen. Ich überlege es mir.«

Nur einen freien Abend gönnte sich Eugen in diesen Tagen. Auf Einladung von Lord Snowhill ging er, begleitet von Magister Hofmann, ins Theater. Im Foyer trafen sie den englischen Gentleman. Er lud auf ein Glas Sekt ein.

»Ich habe neulich gehört, Sir, dass der Freihandel in England eingeschränkt wurde«, bemerkte Eugen.

»Stimmt, aber das gilt nur für Getreide. Und ich bin

großer Hoffnung, dass dieses Gesetz schon bald wieder rückgängig gemacht wird.« Der Lord sagte es sachlich und ohne Emotion.

»Und womit kompensieren Sie die Ausfälle?«, wollte Eugen wissen.

»Mehr Weizenmehl, mehr Tabak, mehr Kupfer, mehr Blei. Wenn man die Hand am Puls der Zeit hat, verliert ein vorübergehendes Gesetz seinen Schrecken. Ich werde noch viele Jahre von Odessa nach London exportieren.«

Die Theaterglocke ertönte zum zweiten Mal. Sie nahmen ihre Plätze ein.

Das Ehrenwort war ein Vierakter, in dem die Baronin Waldheim, eine junge Witwe, in die Rolle eines Bauernmädchens schlüpft. Sie ist auf der Suche nach einem neuen Mann und hat einen Baron im Auge, den sie verkleidet auf die Probe stellen und zugleich verführen möchte. Das Publikum lachte viel und ließ sich für dumm verkaufen. Auch der Lord und der Magister lachten viel. Eugen amüsierte sich auch, störte sich jedoch daran, dass das Stück flach war und allzu viel geschimpft und gepöbelt wurde.

In der Pause schlürften sie einen Kaffee und amüsierten sich weiter.

Als die Baronin sich in einer Szene den Hut vom Kopf riss, ihn auf den Boden pfefferte und wütend darauf herumtrampelte, kreischte das Publikum vor Vergnügen. Eugen stieß das ab. Er hatte sich seine eigene Meinung gebildet, behielt sie aber für sich.

Angenehmer empfand er das anschließende Gespräch bei einem Glas Wein. Lord Snowhill erzählte begeistert von London, wo er zur Schule ging und Kaufmann wurde. Hofmann gab ein paar Anekdoten über seine Studentenjahre in Tübingen zum Besten. Und Eugen hörte aufmerksam zu.

*

An einem strahlenden Dienstagnachmittag trug Eugen das fertige Porträt, in Karton und Papier verpackt und mit einer Hanfschnur verschnürt, in den Palast.

Graf Langéron nahm es entgegen, knotete mit zittrigen Fingern die Schnur auf, legte das Bild auf seinen Schreibtisch und richtete sich auf. Er war sprachlos vor Glück und Bewunderung, beugte sich über das Bild, studierte die Augenpartie, trat ein paar Schritte zurück und umarmte Eugen.

»Tu es un grand artiste et un vrai ami. Du bist ein großer Künstler und ein wahrer Freund«, sagte er gerührt. »Bitte nimm Platz.«

Er klingelte seinem Adjutanten und bat um eine Flasche Cognac und zwei Gläser.

Sie stießen auf das gelungene Porträt an, und Eugen empfahl, bei dem deutschen Tischlermeister in der Remeslennaja einen passenden Rahmen machen zu lassen.

Der Adjutant musste das Bild an die Wand hinter dem Schreibtisch halten. Der Generalgouverneur spazierte auf und ab, die Hände auf dem Rücken, und sah seinem Ebenbild in die Augen, die ihn verfolgten, wo auch immer er war.

»C'est de l'art. Tu es génial. Das ist wahre Kunst, Du bist genial!«

Eugen genoss das Lob und schwieg.

»Warst du schon auf euren Landgütern?«

»Sobald wir einen Kutscher angeheuert haben, fahren wir.«

»Hast du schon einen Überblick über dein Vermögen?«

»Ja, ich war auf der Bank.«

»Und wie sieht's aus?«

Eugen grinste. »Sehr gut.«

»Du hast mir eine sehr große Freude bereitet. Jetzt ist es an mir, dir unter die Arme zu greifen. Ich schlage vor, wir erwerben zusammen eine Lizenz an den Goldminen am Ural. Jeder hunderttausend Rubel. Ich lasse meine Beziehungen spielen, und die Bank erledigt den Rest. Wie wär's? Schlag ein!«

Langéron hielt ihm die Hand hin, und Eugen ergriff sie. »Sobald ich aus Wossinsk zurück bin, weise ich meine Bank an.«

Ein Schatten legte sich über Eugens Gesicht.

Besorgt fragte Langéron: »Hast du Kummer?«

Eugen sagte, er wisse nicht, wo ihm der Kopf steht. Die Reise organisieren, viele Kopien des Porträts herstellen und noch einiges mehr. Er müsse in den nächsten Wochen hart arbeiten.

»Lass dir helfen, mein Freund«, tröstete der Graf. »Mein Finanzdezernent muss demnächst für ein paar Tage nach Jelisawetgrad. Eine Stadt auf der Dnjeprhochebene, älter als Odessa und der heiligen Elisabeth geweiht. Wossinsk liegt auf halber Strecke. Wenn du einverstanden bist, sag ich ihm, er soll dich und den Magister mitnehmen.«

»Das wäre wunderbar.«

»Noch ein Wunsch?«

»Die Fürstin meint, unser Verwalter könnte auf dem Gut viel Geld gehortet haben. Sie war schon mehrere Jahre nicht mehr dort. Wahrscheinlich gibt es in Wossinsk keine Bank. Jedenfalls muss ich eine beträchtliche Summe hierherbringen.«

»Wo ist das Problem?«

»Ich weiß nicht, ob das Geld unterwegs sicher ist.«

Langéron lachte. »Mein Finanzdezernent hat oft große Geldbeträge dabei, denn in vielen Gemeinden gibt es noch keine Bank. Darum hat er auf Reisen immer mindestens einen Wachmann dabei. Alle hiesigen Banken sind Privatbanken. Anders als die staatlichen Banken nehmen die nur ordentliche Scheine, am liebsten druckfrische. Beschmutzte und zerknitterte mögen sie nicht. Also pack die sauberen Scheine in eine Tasche, und gut ist's. Ich sag dem Dezernenten Bescheid. Du kannst unbesorgt reisen.«

*

Ein paar Tage später fuhren zwei Kaleschen nach Norden. In der ersten dösten zwei bewaffnete Wachleute, in der zweiten plauderten der Finanzdezernent, der Magister und Eugen.

Neben Eugen lag eine große Reisetasche, vollgepackt mit warmer Kleidung und zwei Paar Stiefeln. Er hatte gebeten, sie neben sich zu haben, damit er auf ihr ein Nickerchen machen könne. Zuunterst hatte er nämlich das Falschgeld verstaut, das er bisher gedruckt hatte. Zu je hundert Scheinen gebündelt und mit Banderolen versehen.

Die Straßen waren fest und meist staubfrei. Der Himmel war wolkenlos und tiefblau. Kein Regen in Sicht. Dafür die Luft schon herbstlich kühl. Die Reisenden saßen in Wolldecken gehüllt, genossen die vorüberziehende Landschaft und amüsierten sich über den neuesten Ratsch und Tratsch.

Besonders Eugen war aufgekratzt. Der erste arbeitsfreie Tag seit seiner Ankunft in Odessa. Auch freute er sich, die Ländereien zu besichtigen und den Verwalter kennenzulernen.

»Leider weiß ich nicht viel über unseren Verwalter«, wandte er sich an Magister Hofmann.

»Jean Pierre Buxel ist ein Glücksfall. Ein Fachmann. Die Zuverlässigkeit in Person. Klar im Kopf und angenehm im Umgang mit Menschen, auch mit Untergebenen. Die Rebsorte Chasselas, die er aus seiner Heimat mitgebracht hat, wird seitdem auf unserem Gut angebaut.«

»Mit Erfolg?«

»Und ob! Die Sorte passt perfekt zu unserem tiefen, fruchtbaren Boden und dem milden Klima. Sie liefert hohe Erträge und ist eine sehr frühe Sorte. Auf dem Markt in Odessa, in den Cafés und Restaurants wird sie den ganzen Sommer über als Tafeltraube angeboten. Und ihr Wein ist inzwischen in ganz Russland beliebt.

Er ist samtig, fruchtig und mild. Wir werden ihn bestimmt heute Abend genießen dürfen.«

Der Himmel begann sich schon rot zu färben, als sie kurz vor Wossinsk das Gutshaus erreichten. Als sie in den Hof fuhren, standen Männer und Frauen Spalier. Ein dunkelhaariger Mittvierziger mit freundlichem Gesicht trat an die hintere Kutsche und begrüßte die drei Reisenden.

Magister Hofmann stieg aus, schüttelte dem Mann die Hand, stellte erst ihn und dann seine Mitreisenden vor: »Das ist seine Eminenz, der Herr Finanzdezernent vom Generalgouvernement in Odessa. Er ist auf Dienstreise und hat es leider eilig.«

Jetzt sah er Eugen strahlend an: »Und das ist Seine Durchlaucht, Fürst Samarow.«

Buxel verbeugte sich tief: »Willkommen zuhause, Durchlaucht. Ich freue mich, Sie auf Ihren Gütern begrüßen zu dürfen.«

Der Finanzdezernent stieg nicht aus, sondern gab das Kommando zur Weiterfahrt. In einer halben Stunde wollte auch er sein Nachtquartier erreicht haben.

Köchin Irma, eine bessarabiendeutsche Witwe aus dem Schwarzwald, reichte den Gästen Brot und Salz zur Begrüßung.

Buxel stellte einen jungen blonden Mann vor: »Das ist Olivier, der Sohn meiner ältesten Schwester. Er ist seit drei Jahren hier und in alles eingeweiht. Wenn ich mal nicht da bin, vertritt er mich. Er macht das sehr gut.«

Eugen schritt an der Seite des Verwalters, der seine

schwere Tasche schleppte, durch das Spalier der sich verneigenden Menschen und grüßte nach beiden Seiten.

Buxel führte Eugen in die fürstliche Suite. »Darf ich Durchlaucht in einer halben Stunde im Speisesaal zum Abendessen erwarten?«

Eugen dankte. Er wolle sich nur frisch machen und neue Kleider anziehen. Auf das Essen freue er sich schon. Er wusch sich Gesicht und Hände, zog die Kleider jenes jungen Engländers an, der in den Neckar gestolpert und ertrunken war, und fand ein kluges Versteck für seine Geldbündel in der Kommode. Den Schlüssel zog er vorsichtshalber ab und steckte ihn ein.

Als er den Speisesaal betrat, war dort eine große Aufregung um eine ältere Dame, die am Tisch saß und fauchte. »Der will mich nur um mein Vermögen bringen, der Betrüger!«, schrie sie. Der Verwalter und der Magister versuchten vergeblich, sie zu beruhigen.

Dann entdeckte die Erboste den Eintretenden. Sie sprang auf und stürzte sich auf ihn, schlug ihm ins Gesicht und kreischte: »Betrüger, Halunke, Hochstapler! Das hast du dir schlau ausgedacht, du Schurke! Nie und nimmer bist du der Sohn meiner Schwester!«

Eugen trat einen Schritt zurück, blieb aber äußerlich ruhig, auch wenn er innerlich kochte.

Sie holte erneut aus, doch Eugen war schneller und hielt ihren Arm fest. Sie fauchte: »Wage es nicht, mich zu berühren, du Bastard. Ich bin von uraltem russischem Adel und du höchstens ein billiger Höfling!«

Sie spuckte vor ihm aus.

Verwalter und Magister packten die Fauchende und

wollten sie aus dem Raum führen. Doch sie trat um sich und beschimpfte den Verwalter, er wirtschafte in die eigene Tasche. Buxel kniff die Lippen zusammen und schaffte es endlich, die Prinzessin aus dem Saal zu drängen.

Die Köchin, die eben die Suppe servieren wollte, stellte ihre Schüssel auf den Tisch und eilte auf Eugen zu. »Nehmen Sie bitte Platz, Durchlaucht. Seit sie gestern Abend angekommen ist, rennt sie durchs Haus und führt sich als Hausherrin auf. Prinzessin Allenka ist die jüngere Schwester Ihrer verstorbenen Frau Mutter. Nehmen Sie es ihr bitte nicht übel. Wir alle glauben, dass sie spinnt. Verzeihen Sie, wenn ich das so offen sage.«

Er setzte sich. Etwas später kamen Verwalter Buxel und Magister Hofmann zurück.

»Verzeihen Sie den Vorfall, Durchlaucht. Prinzessin Allenka kriegt ihr Abendessen aufs Zimmer. Morgen früh reist sie ab. Dafür werde ich sorgen.« Buxel hatte sichtlich Mühe, sich zu beherrschen.

»War sie schon öfter da?«, fragte Eugen.

»Fast jedes Jahr einmal. Kaum ist Erntedank vorbei, schneit sie unangemeldet ins Haus und fordert ihren Anteil am Jahreserlös.«

»Wie kommt sie darauf?«

»Weil sie ledig ist, habe ihre Schwester versprochen, für sie zu sorgen.«

»Ist dem so?«, wandte sich Eugen an den Magister.

»Ich habe noch nie von einer solchen Vereinbarung gehört«, sagte Hofmann.

»Dann werde ich die Fürstin fragen, wenn wir wieder

zuhause sind.« Er lachte und wandte sich an die Köchin: »So, Irma, jetzt wollen wir das Abendessen genießen. Zeigen Sie bitte, was Sie uns zubereitet haben.«

Der Verwalter nahm eine Flasche von der Anrichte und schenkte ein: »Das ist ein Chasselas, Durchlaucht. Eine Erinnerung an meine Heimat in der Schweiz und ein edler Tropfen von hier.«

»Magister Hofmann hat mich schon ins Bild gesetzt. Ich bin gespannt, wie er schmeckt.«

»Na, dann auf Ihr Wohl, Durchlaucht!«, Buxel erhob sein Glas. »Wir freuen uns, Sie in Ihrem Haus begrüßen zu dürfen!«

»Köstlich!« Eugen schnalzte mit der Zunge.

Köchin Irma servierte Kostproben ihrer Kochkunst. Eine vorzügliche Gemüsesuppe. Einen gebratenen Fisch auf einer großen Silberplatte. »Das ist ein Kefal. Zehn Pfund hat er lebend gewogen«, strahlte sie. »Sein Fleisch ist wohlschmeckender als das der Makrele. In Odessa kostet das Pfund einen halben Rubel und mehr!« Dazu Salzkartoffeln und verschiedenerlei Gemüse. Und einen Appetitanreger.

»Wir sagen Bottarga oder Vorschmack dazu«, sagte der Verwalter. Und die Köchin ergänzte: »Rogen vom Kefal, von Blutadern gesäubert, gewaschen, gesalzen und mit Essig und Zitronensaft verfeinert.« Magister Hofmann gab sein historisches Wissen preis: »Bottarga war schon bei den alten Griechen sehr beliebt.«

Bottarga und Kefal machten durstig, weshalb sie dem Wein kräftig zusprachen, lang und breit über die Ernte im Allgemeinen und die Traubenlese im Besonderen sprachen.

Zu vorgerückter Stunde kam der Verwalter nochmal auf den Vorfall zu sprechen. Die Prinzessin habe ihn beschuldigt, in die eigene Tasche zu wirtschaften. Das könne und wolle er nicht auf sich sitzen lassen. »Darum, Durchlaucht, bitte ich Sie, morgen die Einnahmen und Ausgaben des Gutes einer strengen Prüfung zu unterziehen.«

»Aber, aber, mein lieber Buxel, ich vertraue Ihnen voll und ganz.«

»Ich bitte Sie inständig, Durchlaucht. Sonst kann ich hier nicht mehr weiterarbeiten.«

»Dann machen wir es morgen so«, zeigte sich Eugen einsichtig: »Sie und Olivier zeigen mir morgen das Gut. Und Magister Hofmann prüft in der Zwischenzeit die Bücher. Einverstanden?«

Sie tranken ein letztes Glas auf das Gut und das Wohl des gesamten Personals und verabschiedeten sich endlich ins Bett.

*

Am frühen Morgen ritten Eugen, der Verwalter und dessen Neffe im herrlichen Sonnenschein auf staubigen Wegen, von Nussbäumen begrenzt, nach Osten. Vorbei an riesigen, abgeernteten Mais-, Getreide- und Sonnenblumenfeldern, an Maishäusern und Getreidespeichern. Im flotten Trab vorbei an Herden von Kühen, Schafen und Ziegen, an Ziehbrunnen und Laufbrunnen zur Viehtränke. Vorbei an Olivenhainen, an ausgedehnten, gepflegten, längst abgelesenen Weinfeldern und Bergen von Melonen, am Wegrand aufgestapelt, die auf den Abtransport warteten. Und immer wieder eine Hütte, aus der ein Wächter sprang, schmutzig wie Braunkohle, und die Vorbeireitenden militärisch grüßte.

Nach einem zweistündigen Ritt stand ein Laufbrunnen am Weg. Sie saßen ab, tränkten die Pferde und banden ihnen einen Hafersack vors Maul. Nach einer halben Stunde ritten sie weiter und kamen zu einem Weiler.

»Hier leben etliche unserer Bauern mit ihren Familien«, erklärte Buxel und stieg ab.

Eine Bäuerin rannte aus dem Haus und verneigte sich tief.

»Guten Tag, Alla. Ist Sergej zuhause?«

»Leider nein, hoher Herr! Bitte kommen Sie ins Haus. Sie sind gewiss hungrig und durstig.«

»Das«, stellte Buxel seinen Begleiter vor, »ist Seine Durchlaucht, Fürst Samarow. Er ist von einer langen Reise zurück und will sehen, was wir so treiben. Und meinen Olivier kennst du ja schon.«

Die Frau schlug sich vor Überraschung und Bewunderung auf den Mund und besann sich dann auf einen Hofknicks und einen tiefen Bückling. Wild gestikulierend bat sie die Reiter in ihr Haus. In Windeseile war da ein reich gedeckter Tisch. Mit herzlicher Freundlichkeit nötigte sie die Gäste, sich zu laben. Ein Gespräch mit ihr zu führen, fiel schwer. Sie rannte ständig weg, um noch etwas aufzutischen. Und immer wieder hetzte sie aus dem Haus, um nach ihrem Mann Ausschau zu halten, und vergaß doch nicht, nebenbei die Pferde zu versorgen.

Eugen aß, schob dann seinen Teller zur Seite und skizzierte, was er sah. Mit den wenigen Farben, die er mitgebracht hatte, kolorierte er die Zeichnung.

»Wo ist denn dein Sergej?«, fragte endlich der Verwalter.

»Er sieht nach, ob an den Viehtränken alles in Ordnung ist. Und dann wollte er noch zwei Ziehbrunnen reparieren.«

Buxel lachte. »Aber dann kommt er doch erst in ein paar Stunden heim. Du musst nicht ständig nach ihm schauen. Setz dich bitte hin und erzähle Seiner Durchlaucht, wie es euch geht.«

Die Bäuerin verneigte sich tief, bevor sie sich setzte. »Uns geht es gut, hoher Herr. Wir haben genug zu essen. Und im Winter haben wir ein warmes Haus. Was will man mehr?«

»Habt ihr auch genug zu trinken?«

»Wasser holen wir am Brunnen. Und jeder kriegt einen Liter Wein am Tag.«

»Wein?«, wandte sich Eugen an Olivier.

Der junge Mann errötete, was Eugen bemerkte und sympathisch fand. »Das Wasser ist nicht gut, Durchlaucht. Darum trinkt man es mit etwas Wein gemischt. Dann macht es nicht krank.«

»Wir müssen weiter«, drängte der Verwalter zum Aufbruch. Er legte ein paar Rubel auf den Tisch: »Dank dir, Alla. Grüße Sergej.«

Sie saßen auf und trabten weiter, bogen nach Süden ab und kamen an einen Obstgarten. Zwei Arbeiter standen auf hohen Leitern und pflückten die letzten Äpfel von den Bäumen. Als sie die beiden Reiter sahen, stiegen sie herab und gingen mit Äpfeln in der Hand auf die Besucher zu.

»Willkommen, hoher Herr«, sagte der Ältere und zog seinen Hut. »Wir ernten die späten Sorten. Die anderen haben wir schon im August und September gepflückt.«

Er reichte jedem Besucher einen Apfel hinauf und fütterte weitere den Pferden.

»Ich danke dir, Wassily!« Buxel nahm beide Zügel in eine Hand und drehte sich im Sattel zu Eugen um. »Das ist Seine Durchlaucht, Fürst Samarow. Er ist nach langer Reise endlich wieder zuhause.«

Die beiden erschraken. Sie verneigten sich tief. »Willkommen, Durchlaucht!« Der Jüngere nahm zwei Äpfel aus seinem Korb und bot sie Eugen an. »Der Herr segne Sie.«

Eugen nahm und dankte, doch der Verwalter mahnte, man habe noch einen weiten Weg.

Sie ritten weiter nach Nordosten, hielten da und dort ein Schwätzchen, stiegen hin und wieder ab und gönnten sich ab und an ein Päuschen. Jedes Mal skizzierte Eugen Land und Leute. Und er bekam eine Ahnung von der Größe des Gutes und von Vielzahl und Menge der Erzeugnisse.

Als sie am späten Nachmittag wieder den Gutshof erreichten, saßen Magister Hofmann und Köchin Irma bei Tee und Kuchen auf der Veranda und plauderten über die Fürstin und ihren verloren geglaubten Enkel, über das Leben in Odessa und auf dem Land und über den Lauf der Dinge: aus Gras wird Heu, aus Heu Milch, aus Milch Käse, aus Käse und Wein ein herrliches Abendvesper.

»O Gott!«, rief die Köchin. »Schon so spät! Ich muss in die Küche!«

Genau in diesem Augenblick trabten die Herren in den Hof, saßen ab, und Olivier führte die Pferde in den Stall.

Buxel stiefelte, von Eugen gefolgt, schnurstracks auf die Veranda. Die Köchin, unter der Tür, fragte dienstbeflissen: »Auch einen Tee für die hohen Herren?«

Eugen nickte, und sie eilte zur Küche. Gleich wollte der Verwalter wissen, was die Buchprüfung ergeben habe.

Magister Hofmann breitete die Arme aus: »Nichts! Oder anders gesagt: alles in bester Ordnung! Auch in der Kasse fehlt keine Kopeke!«

Buxel setzte sich. Man sah ihm die Erleichterung an. Doch gleich schnellte er wieder hoch, verschwand im Haus und kehrte mit einer Flasche und drei Gläsern zurück. »Darauf müssen wir anstoßen!«, sagte er und schenkte ein.

Sie tranken im Stehen auf den ehrlichen Verwalter und das ertragreiche Gut.

»Doch um eines bitte ich Sie, Durchlaucht: Nehmen Sie das viele Geld nach Odessa mit. Auf der Bank ist es sicherer als hier.«

»Banken nehmen aber nur ordentliche Scheine, am liebsten druckfrische. Beschmutzte und zerknitterte mögen sie nicht«, gab Eugen zu bedenken.

»Ich kann ja morgen jeden schlechten Schein aussortieren«, bot sich Magister Hofmann an.

Buxel lachte befreit auf und meinte ironisch: »Der Appetit der Banken ist grenzenlos. Sie säen nicht. Sie ernten dennoch. Und sie lieben nur den schönen Schein.«

Magister Hofmann wurde nachdenklich. »Vergessen wir nicht, meine Herren, wir sitzen alle im gleichen Boot, auch die Banker. Und keiner weiß, wohin es fährt. Und wenn es anlegt, steigen nur Tote aus.«

»Puh!« Eugen schüttelte sich. »Bevor ihr unter die Pessimisten und Propheten geht, verziehe ich mich lieber auf mein Zimmer und wasche mich. Hoffentlich ist's bis zum Abendessen nicht mehr lang.«

Drei Tage später rumpelten in aller Herrgottsfrühe die beiden Kaleschen des Finanzdezernenten in den Gutshof. Buxel trug Eugens große Reisetasche zum hinteren Wagen, während Eugen eine kleinere Tasche dem Dezernenten zu treuen Händen übergab.

»Die bringen wir heute noch zur Bank«, versicherte der Dezernent. »Der Herr Generalgouverneur hat mich ins Vertrauen gezogen.«

Eugen dankte Buxel, Olivier und Irma für die interessanten Einblicke und lud Verwalter und Köchin ein: »Bitte kommen Sie noch vor den Feldarbeiten im Frühjahr auf ein paar Tage nach Odessa.« Und an Buxel gewandt: »Ihnen verdanke ich außerordentlich viel, mein Lieber. Ich werde dem Generalgouverneur berichten. Möglicherweise setzen wir uns mit ihm zusammen und hören uns an, was er zu sagen hat. Er hat einen guten Überblick über die Naturerzeugnisse, das Gewerbe und den Handel im Generalgouvernement. Könnte auch für uns interessant sein.«

Zügig rollten sie nach Süden und erreichten Odessa schon am Nachmittag. Sie hielten direkt vor der Bank gegenüber dem Gouverneurspalast. Der Bankdirektor höchstpersönlich nahm die beiden Geldtaschen entgegen. »In der schwarzen Tasche sind die im Gut Seiner Durchlaucht, Fürst Samarow, gelagerten Gewinne der letzten Jahre«, erklärte der Finanzdezernent, »und in der anderen die Erlöse aus Taxen, Sporteln, Stempelgebühren. Die schreiben Sie bitte der Regierungskasse gut.«

Magister Hofmann verabschiedete sich beim Dezernenten, schnappte seine Tasche und machte sich zu Fuß auf den Heimweg. Der Dezernent und Eugen verabredeten, in einer Stunde dem Generalgouverneur Bericht zu erstatten.

Zwei Kassierer der Bank zählten in Eugens Beisein zunächst die Geldbündel, dann öffneten sie die Banderolen und zählten die einzelnen Scheine. Zweihundertachtundvierzigtausend Rubel! Der Einzahlungsbeleg wurde ausgestellt, gestempelt und zweifach unterschrieben.

»Einhunderttausend bitte für die Lizenz an Goldminen bereitstellen. Weisung kommt vom Generalgouverneur. Den Restbetrag bitte meinem Konto gutschreiben«, bat Eugen den Bankdirektor.

Künstler und Unternehmer

Über den Winter beendete Eugen seine Falschgeldproduktion, vernichtete Druckplatte und Stempel, fertigte diverse Ansichten von Odessa als Farblithografien und drei Porträts in Eitempera. Eines von der Fürstin, ein zweites von Magister Hofmann und ein drittes von der im Dienst ergrauten Haushälterin Larissa. Die drei Gemälde hingen jetzt im Vestibül des Erdgeschosses und begrüßten die Gäste. Sich selbst zu porträtieren, wie die Fürstin vorgeschlagen hatte, lehnte er ab mit der Begründung, man könne sich selbst niemals gerecht beurteilen.

Deshalb hatte er nun sehr viel mehr Zeit als zuvor. Aber auch mehr Sorgen als bisher. Was sollte er mit dem vielen Geld machen? Ausgeben? Sparen? Investieren?

Nächtelang lag er wach und grübelte. In München und Heilbronn hatte er nicht viel besessen. War er dort glücklich gewesen? Bei Lichte besehen war dem nicht so, hatte er doch dort mehr arbeiten müssen als hier. Freizeit hatte er selten, und Vergnügungen gab es nicht, von ein oder zwei Bier am Wochenende einmal abgesehen. Jetzt war er zwar Mitinhaber eines großen Gutes, besaß ein dickes Bankkonto und hatte sich an einer Goldmine beteiligt, aber vergnügter war er damit noch lange nicht.

Also was tun?

Ans Fenster setzen und schauen, wer draußen vorbeigeht, das war etwas nach Larissas Geschmack, aber nichts für ihn. Eine andere Art Aus-dem-Fenster-Gucken konnte er sich schon eher vorstellen. Magister Hofmann war Mitglied in der hiesigen Lesegesellschaft, in der man für einen monatlichen Beitrag Bücher und Zeitschriften aus vielen Ländern und zu vielen Themen vor Ort lesen oder gegen geringe Gebühr auch übers Wochenende ausleihen konnte. Hier treffe man viele gebildete Bürger der Stadt, Männer und Frauen, Adelige und Bürgerliche, Russen und Ausländer, Theologen, Juristen, Mediziner und Kaufleute. Mit ihnen könne man im Lesesalon bei einem Glas Tee oder Cognac über Gott und die Welt und die neueste Literatur reden und so Ein- und Ausblicke in Vergangenheit, Gegenwart und Zukunft wagen. Zudem finde sich, so Hofmann, in fast allen Zeitschriften zum Ende hin eine Sammlung vermischter und kurioser Nachrichten aus dem Inland und Ausland, die oft recht erheiternd seien. Dreimal könne man sich kostenlos im Salon aufhalten, erst dann müsse man sich entscheiden, ob man Mitglied werden möchte.

»Du arbeitest zu viel, mein Lieber. Geh mit und schau dich um«, bat Hofmann. »Dann kommst du auf andere Gedanken und lernst Land und Leute kennen.«

Eugen versprach es. »Aber vorher muss ich zum Generalgouverneur. Und Lord Snowhill hat mich zum Fünf-Uhr-Tee ins *Café Europa* eingeladen.«

Graf Langéron war sehr gesprächig. »Die Arbeit frisst mich auf«, klagte er.

»Warum das denn?«

»Odessa wächst und wächst. Letztes Jahr betrugen die Zolleinnahmen über eine Million Rubel. Vierzehnhundert Schiffe haben unsere beiden Häfen angelaufen:

viele, sehr viele russische Schiffe, aber auch zahlreiche englische und österreichische. Waren im Wert von fünfeinhalb Millionen Rubel wurden ausgeführt und für vierhunderttausend Rubel eingeführt. Jeden Tag neue Verhandlungen, neue Entscheidungen.«

»Dann geht's dir doch eigentlich gut!«

»Aber, Ewgenij! Begreif doch! Wir leben in einem goldenen Zeitalter. Gebratene Tauben fliegen über uns hinweg. Nur den Mund aufmachen, kauen und schlucken!«

»Aber ich habe ihn doch schon aufgemacht und eine halbe Goldmine verschluckt!«

»Du hockst daheim und malst Bilder!« Langéron hob die Hände. »Schön und gut!« Fast schon flehentlich sagte er: »Dabei ist das uralische Gebirge reich an Kupfer und Eisen. Und das altaische Gebirge, das rechtwinklig an den Ural stößt, hat noch größere Kupfer- und Bleivorkommen. Warum sind wir nicht dabei? Warum unsere Wolle billig ausführen und teure Stoffe aus England einführen? Die Leinenweberei hat Zukunft. Warum gründen wir keine Leinenweberei? Die Ernteerträge von Roggen, Weizen, Mais, Gerste, Hafer und Hirse steigen und steigen. Jährlich werden in Odessa rund hundertsiebzig Millionen Tschetwert Getreide ausgeführt und es werden noch mehr, viel mehr. Warum beteiligen wir uns nicht?«

»Dann mach's doch! Was hindert dich daran?«

Langéron wurde ernst. »Seine Majestät hat grandiose Siege über Napoleon gefeiert. Ist mit seiner Armee durch ganz Europa marschiert. Hat sogar Paris persönlich erobert. Und war der Mittelpunkt auf dem Kongress in

Wien. Er hat viel an Selbstsicherheit, Selbstwertgefühl und Sendungsbewusstsein gewonnen. Jetzt hält er die Zeit für gekommen, die vielen Ausländer in seinem Reich, dem größten in der Geschichte, durch Russen zu ersetzen. Eben hat er in einem Ukas befohlen, dass im russischen Heer künftig keine fremden Offiziere mehr angestellt werden dürfen. Wirst sehen, das ist erst der Anfang.«

»Und warum sagst du das ausgerechnet mir?«

»Aber, aber, mein Lieber. Du bist mein Freund! Du bist der sympathischste Mensch, den ich kenne! Und vor allem – du bist Russe! Ich hingegen bin bekanntlich immer noch Franzose. Natürlich wird mich der Zar nicht davonjagen, doch gewiss wird er es nicht gern sehen, wenn ich als sein Generalgouverneur überall an vorderster Stelle dabei bin.«

»Aber ich verstehe doch von alledem nichts.« Eugen sah Langéron fast schon flehentlich an: »Sag schon: Was kann ich für dich tun?«

»Du kaufst eine Kupfermine. Und ich lege mein Geld bei dir an. Du gründest eine Leinenweberei, und ich sorge für die Genehmigung und bin dein stiller Teilhaber. Du kaufst zwei oder drei Warenspeicher und lagerst Getreide in großen Mengen ein. Ich beteilige mich, und wir nehmen Lord Snowhill mit ins Boot. Er ist Fachmann für Logistik, Transport und Verkauf in ganz Europa.«

»Und wie mache ich das?«

»Du gehst zum Direktor der Bank gegenüber und gibst ihm den Auftrag, nach der besten Kupfermine Ausschau zu halten. Er solle auch mich ins Vertrauen ziehen und um Rat fragen. Und schon läuft die Sache.«

Eugen lachte: »Ein paar Gespräche, ein paar Gläschen Cognac …«

Langéron unterbrach: »Genau das! Geldverdienen ist ein Kinderspiel, wenn man schon genug Geld hat. Merk dir: Wer viel hat, dem wird noch mehr gegeben. Dir gehört die Welt! Wusstest du das noch nicht?«

»Ach komm, Alexandre, Geldzählen ist doch langweilig.«

»Stimmt, aber es beruhigt ungemein. Stell dir nur einen Augenblick lang vor, du wärst arm wie eine Kirchenmaus. Wovon würdest du dann träumen?«

»Vom Geldzählen bestimmt nicht.«

»Natürlich nicht! Aber vom Geldhaben würdest du träumen! Jeder Kopeke würdest du hinterherhecheln! Darauf wette ich!«

»Überredet! Ich geh gleich hinüber zur Bank. Zufrieden?«

»Kupfermine, wie gesagt! Die beste, die man kriegen kann! Und er soll mich fragen! Sag's dem Bankdirektor!«

»Wird gemacht, Herr Generalgouverneur!« Eugen wollte schon gehen, blieb aber an der Tür stehen und sah seinen Freund nachdenklich an: »Magister Hofmann kommt aus Tübingen, das liegt im Königreich Württemberg. Er ist Mitglied in der hiesigen Lesegesellschaft und liest dort regelmäßig die *St. Petersburger Zeitung*.«

»Die lese ich auch, aber nicht die deutsche Ausgabe, sondern die russische.«

»Jedenfalls sei darin angedeutet worden, dass es demnächst engere Beziehungen zwischen Russland und Württemberg gibt. Magister Hofmann würde gern wissen, was da dran ist. Weißt du Näheres?«

»Die Zeitungen dürfen ja nicht über den Zarenhof berichten. Aber ich weiß Bescheid: Seine Majestät hat zu Jahresbeginn das größte Fest aller Zeiten in St. Petersburg für seine Lieblingsschwester Großfürstin Katharina Pawlowna ausrichten lassen. Viel Pomp, zahlreiche Galadiners, mehrere Bälle und diverse Theateraufführungen.«

»Und was hat das mit Württemberg zu tun?«, drängelte Eugen.

»Grand festin de mariage! Die Großfürstin hat den württembergischen Thronfolger geheiratet! Nur drei Jahre lang war sie mit einem Prinzen von Holstein-Oldenburg verheiratet. Dann starb er an Typhus. Daraufhin ist sie mit ihrem Bruder nach Wien gereist, um ihm bei seinen vielen gesellschaftlichen Verpflichtungen zur Seite zu stehen. Auf dem Kongress soll es viele Tanzabende gegeben haben. Bei einem hat sie sich in den Kronprinzen von Württemberg verguckt. Gerade ist sie mit ihm auf dem Weg nach Württemberg.«

Eugen betrat die Bank und wurde sofort vom Direktor empfangen. Ja, es seien mehrere ergiebige Kupferminen auf dem Markt zum Preis von ungefähr hundertfünfzig- bis zweihunderttausend Rubel. Er werde sich umgehend erkundigen und dann selbstverständlich den Herrn Generalgouverneur zu Rate ziehen.

»Der Eingangsbereich Ihres Geldhauses ist, wenn ich mir die Bemerkung erlauben darf, recht kahl und trist,

Herr Direktor. Ich wüsste Ihnen einen Rat, wie Sie ihn attraktiver machen könnten.«

Der Direktor, zunächst überrascht, dann freundlich lächelnd: »Ich bin ganz Ohr, Durchlaucht.«

»Ich überlasse Ihnen leihweise ein paar meiner Bilder. Sie rahmen sie und hängen sie auf. Wie wäre das?«

»Der Adjutant des Generalgouverneurs hat mir schon verraten, dass Sie ein begnadeter Bildermacher sind, Durchlaucht. Was ist denn auf Ihren Bildern zu sehen?«

»Porträts, Szenen aus der griechischen und römischen Antike, Landschaftsbilder und berühmte geschichtliche Ereignisse. Sie können selbst auswählen.«

»Das wäre großartig, Durchlaucht.«

»Dann kommen Sie bitte morgen zum Fünf-Uhr-Tee in mein Atelier in der Deribasowskaja.«

*

Zwei Wochen später hatte das aufstrebende Odessa seine Sensation. Die Bank am Gouverneurspalast lud zur Vernissage. Alles, was Rang und Namen hatte, ließ sich das Ereignis nicht entgehen. Jeder, der den jungen Fürsten Samarow kannte, wollte mit eigenen Augen sehen, ob er, wie behauptet, wirklich ein großer Künstler war. Und Leute, die den verloren geglaubten Enkel der alten Fürstin in der Deribasowskaja noch nicht kannten, waren einfach nur neugierig.

Der Bankdirektor begrüßte die Gäste an der Haustür und kam aus dem Staunen nicht heraus. Fünfundzwanzig Bilder hatte er ausgewählt und rahmen lassen. Aber dass die nun so viel Anklang finden und seine Bank mit einem Schlag so bekannt machen würden, hätte er niemals gedacht. Und während er Hände schüttelte, ließ er wie ein Feldherr seine Blicke schweifen und kommandierte seine Angestellten mit Worten und Gesten. Hier einer Dame aus dem Mantel helfen, da noch etwas Gebäck reichen, dort noch ein Glas Sekt servieren.

Punkt sieben stellte er sich auf die Stufen zum oberen Stock und hieß die Besucher aufs Wärmste willkommen. Generalgouverneur Langéron hielt eine kurze Rede, in der er hervorhob, dass sowohl Seine Majestät Zar Alexander als auch Generalfeldmarschall Fürst Wolkonski höchstpersönlich ihm den jungen Künstler ans Herz gelegt hätten. Und dass der Künstler auch noch in Odessa zuhause sei, erfülle ihn mit Stolz und Bewunderung für das künstlerische Schaffen Seiner Durchlaucht Fürst Samarow.

Eugen stand, ein Glas Sekt in der Hand, neben der Fürstin und Magister Hofmann. Er war höchst zufrieden, war es doch die erste öffentliche Präsentation seiner Kunst. In Gedanken blickte er zurück auf seine ersten zeichnerischen Versuche, die Schule in München und die harten Jahre bei Buchdruckermeister Wilhelm Becker.

Er war so in seine Erinnerungen versunken, dass er gar nicht bemerkte, wie es still im Saal wurde und alle Besucher sich nach ihm umsahen.

Magister Hofmann stieß ihn mit dem Ellbogen an und flüsterte: »Aufwachen, Eugen. Der Herr Generalgouverneur bittet dich, ein paar Worte zu deiner Kunst zu sagen.«

Eugen zwängte sich durch die Besucher und stellte sich neben Langéron auf die Treppe. »Ich danke Ihnen für Ihr Kommen«, begann er. »Ich danke dem Herrn Bankdirektor für die Präsentation meiner Bilder und dieses schöne Fest. Und ich danke dem Herrn Generalgouverneur für seine Worte und sein Wohlwollen.«

Er besann sich einen Augenblick und fuhr dann fort: »Sie sehen hier die älteste und die neueste Technik in der Kunst. Hier«, er deutete auf die Bilder zu seiner Linken, »finden Sie Temperabilder. Tempera ist die älteste Technik, um Farben herzustellen. Die alten Ägypter haben damit ihre Mumien bemalt. Die großen Maler im Mittelalter haben so gemalt, auch die alte Buchmalerei ist so entstanden. Und alle großen Meister in der Neuzeit malen immer noch in dieser Technik. Die Herstellung der Farben ist einfach: Farbpigmente werden mit etwas Leinöl, Honig und Eigelb verrührt. Fertig!«

Er räusperte sich. »Die Lithografie, Bilder sehen Sie auf der anderen Seite, ist die allerneueste Technik, die es gibt. Solche Bilder herzustellen, insbesondere wenn es farbige sein sollen, ist sehr kompliziert, leider so kompliziert, dass ich es hier nicht erklären kann. Man muss es gesehen haben, sonst versteht man es nicht. Die Herren Generalgouverneur und Bankdirektor waren in meinem Atelier und können es bestätigen. Für diese besondere Technik muss man eine Schule besuchen. Die einzige Schule, in der man das lernen kann, steht in München.«

Er ließ seinen Blick über die große Besucherschar schweifen und sagte dann: »Jeder von Ihnen hat einen anderen Blick auf die Welt. Jeder hat seinen eigenen Geschmack. Jeden interessiert etwas anderes. Dem einen wird dieses Bild gefallen, dem anderen jenes. Von jeder Lithografie, die Sie hier sehen, kann ich mehrere, völlig identische Exemplare herstellen, wie Sie das auch vom Holzschnitt oder vom Kupferdruck kennen. Dagegen ist jedes Temperabild so einmalig wie jedes Ölbild. Wenn Ihnen ein Bild gefällt und Sie es gerne haben möchten, dann sagen Sie mir bitte Bescheid. Übrigens plane ich, hier in Odessa eine Kunstschule zu eröffnen, in der ich allen Interessierten zeigen möchte, wie man Figuren und Landschaften zeichnet, wie man Porträts malt und – vielleicht sogar – wie man Lithografien herstellt.«

Der Beifall wollte nicht enden. Sogleich war er von Kunstinteressierten umringt, die ihn mit Fragen bestürmten.

Langéron sah es, stellte sich neben Eugen und sagte zu den Umstehenden: »Verzeihen Sie, meine Damen und Herren, aber ich muss Ihnen leider den Künstler entführen.«

Er packte Eugen am Arm und stieg mit ihm in den oberen Stock hinauf, wo der Bankdirektor auf sie wartete und in sein Büro geleitete.

Sie tranken einen Cognac auf Eugens Wohl. Dann legte der Bankdirektor eine schriftliche Offerte auf seinen Tisch. »Die beste Kupfermine, die es derzeit zu kaufen gibt. Sie liegt im Ural und kostet zweihundertdreißigtausend Rubel, macht für jeden von Ihnen hundertfünfzehntausend. Bitte studieren Sie die Offerte eingehend und sagen mir bitte in spätestens drei Tagen Bescheid, ob ich für Sie tätig werden soll.«

An Eugen gewandt meinte Langéron: »Ich nehme die Offerte an mich, studiere sie und bringe sie dir dann vorbei. Und wenn du einverstanden bist, dann tragen wir dich als Besitzer der Mine ein und mich als deinen stillen Teilhaber.«

Den Bankdirektor nahm er mit den Worten ins Visier: »Sie werden uns doch wohl garantieren, dass alles seine Richtigkeit hat und wir mit einem ordentlichen Gewinn rechnen können?«

Der Bankdirektor verneigte sich. »Meine Herren, ich gebe Ihnen mein Ehrenwort.«

*

Es klopfte an der Haustür. Magister Hofmann öffnete. Vor ihm stand Lord Snowhill, den Zylinder in der Hand, und fragte höflich: »Darf ich Durchlaucht meine Aufwartung machen?«

»Sind Sie mit ihm verabredet?«

»Leider nein.«

»Dann will ich mal nachsehen, ob wir unseren Künstler stören dürfen.«

Hofmann bat den Lord ins Vestibül, wo sich der unangemeldete Gast sofort in die drei Porträts vertiefte. Den angebotenen Platz verschmähte er. Fabelhaft, ging es Snowhill durch den Kopf, welche Fähigkeiten in dem jungen Fürsten schlummern. Er kam aus dem Staunen nicht heraus. Schon gestern Abend hatte er die Bilder in der Bank bewundert. Und er hatte am Rande der Vernissage ein langes Gespräch mit Langéron geführt und dabei viel Neues erfahren. Dass der junge Mann reich war, das hatte er schon geahnt. Aber dass er ein so gewaltiges Gut besaß und viel Getreide und Mehl liefern könnte, war ihm neu gewesen. Außerdem stand er, wie der Generalgouverneur gestern verriet, unter dem persönlichen Schutz des Zaren und des allerobersten Militärs, des Generalfeldmarschalls Fürst Wolkonski. Aber warum war auch Langéron dem Künstler so zugetan? Er musste es herausfinden. Jedenfalls stand der junge Mann unter der Obhut der drei wichtigsten Persönlichkeiten am Schwarzen Meer. Ihm gehörte zweifellos die Zukunft. Ihn musste er sich warmhalten.

Eugen stürmte ins Vestibül und begrüßte den Gast mit Händedruck. »Willkommen, Mylord. Sie wollen sich gewiss selbst ein Bild von der komplizierten Kunst des Lithografierens machen.«

Der Lord hatte zwar anderes im Sinn, folgte jedoch dem Gastgeber ins Atelier und ließ sich erklären, wie eine Lithografie entsteht. Natürlich lobte er Eugens Können und Fertigkeiten über den grünen Klee, lauerte aber ständig auf die Gelegenheit, das Gespräch in eine ganz andere Richtung zu lenken.

Schließlich fiel das ersehnte Stichwort, als Eugen beiläufig erwähnte, er habe in Wossinsk ein paar Skizzen gefertigt, die er gerade zu Temperabildern und Lithografien verarbeite.

»Seine Exzellenz Graf Langéron hat mir erzählt, dass Sie dort ein sehr großes Gut besitzen.«

»In der Tat! Ein Gut mit reichlich Erträgen. Ich muss mir Gedanken machen, wie man die großen Mengen an Getreide, Mais, Mehl und Kartoffeln unter die Leute bringen kann.«

»Der Herr Generalgouverneur hat schon eine Andeutung gemacht. Ich könnte mir, wenn Sie es *auch* wünschen, eine Lösung überlegen.«

Eugen führte den Gast durchs Vestibül ins Empfangszimmer und rätselte, was dieses »*auch*« in Snowhills letztem Satz wohl bedeutete. Kam der Lord in Langérons Auftrag? Hatten die beiden schon Vorabsprachen getroffen? Eugen war auf der Hut.

Er servierte ein Glas Wein, einen Chasselas aus seinen eigenen Weingärten bei Wossinsk. Und er entschied, bei seinem bewährten Vorgehen zu bleiben: zuhören, die Ohren spitzen, auf Untertöne achten und nur vorsichtig antworten.

Der Lord druckste herum und rückte schließlich mit seinem Plan heraus: zwei, besser drei eigene Warenspeicher in oder um Odessa kaufen oder bauen.

Eugen sagte nichts, sah seinen Gesprächspartner mit großen Augen an und runzelte die Stirn.

Der Engländer präzisierte seinen Vorschlag: Die Kosten und die zu erwartenden Gewinne würden zu drei gleichen Teilen auf Langéron, Eugen und Lord Snowhill verteilt. Eugen solle als Käufer auftreten, die beiden anderen Herren blieben stille Teilhaber, aber Langéron werde das Projekt nach besten Kräften im Hintergrund fördern. Und Snowhill wolle seine logistischen Verbindungen spielen lassen. Er werde den Transport der Waren in die Speicher übernehmen und die Verschiffung in andere Länder. Und Langéron wiederum werde für ausreichende Schiffskapazitäten sorgen.

Eugen nickte und lächelte. Wo war der Haken bei der Sache? Er überlegte lange.

Snowhill rutschte nervös auf seinem Sessel hin und her. »Sie sehen, Durchlaucht, auf Sie kommt so gut wie keine Arbeit zu.«

»Gibt es das wirklich, Mylord? Geldverdienen ohne Arbeit?«

Snowhill hüstelte nervös: »Doch, doch!«, versicherte er. »Außer den Vertragsformalitäten fallen für Sie keine Arbeiten an. Ich versichere, es bleibt Ihnen weiterhin genügend Zeit, sich Ihrer Kunst zu widmen.«

Eugen schmunzelte. Er hatte einen Verdacht. Der Engländer sollte ruhig noch ein bisschen zappeln. Schließlich sagte er: »Sie verschweigen den heikelsten Punkt, Mylord.«

»Welchen?«

»Ich muss die Waren liefern.«

»Aber Sie haben doch Ihr großes Gut.«

»Gewiss, aber bisher haben wir unsere Produkte auf dem Gut gelagert und zum jeweils höchsten Preis verkauft. Sie aber wollen künftig alles zum Festpreis. Oder irre ich mich?«

Eugen beobachtete, während er das sagte, das Mienenspiel des Gastes. Und er sah, dass er ins Schwarze getroffen hatte.

»Was produziert denn Ihr Gut?«, lenkte Lord Snowhill ab.

»Vor allem Weizen, Gerste, Hafer, Roggen, Mais und Kartoffeln. Dann verschiedene Mehlsorten. Ferner reichlich Sonnenblumenkerne – auch gepresst als Speiseöl.

Schließlich Wolle, Felle und Früchte aller Art: Trauben, Äpfel, Birnen, Aprikosen, Melonen und Oliven, auch als fertiges Speiseöl. Woran sind Sie denn interessiert?«

»Mit Wolle und Tuch habe ich früher gehandelt. Jetzt nicht mehr, denn etliche Länder errichten eigene Spinnereien. Darum habe ich mich auf den Handel mit Getreide, Mais und Mehl spezialisiert.«

»Und das wollen Sie von mir zum Festpreis?« Eugen grinste. »Was sagt denn der Herr Generalgouverneur dazu?«

Lord Snowhill wurde recht kleinlaut. »Der Herr Generalgouverneur hat angedeutet, dass er künftig nur noch Getreideausfuhren zulassen will, wenn man ihm im Gegenzug bei dem Aufbau einer Spinnerei behilflich ist. Die hiesige Wolle solle künftig hier verarbeitet werden.«

»Eine vorzügliche Idee. Das müssen Sie als Engländer doch neidlos anerkennen, Mylord. Hat er Ihnen auch gesagt, wie das gehen soll?«

»Vorbild sei für ihn die Stadt Chemnitz im Königreich Sachsen. Dort habe man in den letzten zwanzig, dreißig Jahren erfolgreich mehrere Spinnfabriken errichtet.«

»Und wie haben die Sachsen das angestellt? Hat Ihnen das unser Gouverneur auch erzählt?«

»Gewiss. Ein sächsischer Unternehmer hat seine zwei pfiffigsten Mitarbeiter nach England geschickt. Die haben eine Spinnerei ausspioniert und genaue Zeichnungen der Maschinen gemacht. Und die haben sie zuhause nachgebaut.« Snowhill lachte. »Ein anderer Unternehmer hat einem englischen Maschineningenieur viel Geld unter die Nase gehalten und ihn nach Sachsen gelockt.«

Jetzt lachte auch Eugen. »Dann ist doch alles klar, Mylord. Sie locken einen besten Fachmann, den Sie in England oder Sachsen ausfindig machen können, mit viel Geld nach Odessa. Am besten kaufen Sie auch noch eine Spinnmaschine und bringen sie her. Ich zahle sehr gut, können Sie dem Mann sagen. Und Sie können ihm auch sagen, was Sie ja selbst sehen und erleben: Odessa ist die dynamischste Stadt in Europa. Hier scheint die Sonne und bringt Obst, Gemüse und Wein in Hülle und Fülle hervor. Hier spielt die Musik, weil hier die Zukunft stattfindet.«

»Und was wird aus dem anderen Projekt, den Warenspeichern?«

Eugen überlegte. Er hatte sich bereits nach dem Gespräch mit Langéron kundig gemacht und erfahren, dass drei Warenspeicher viel billiger waren als eine Kupfer- oder Goldmine. Und die Anfangskosten für eine Spinnerei schätzte er gering: Preis für eine Maschine, plus Kosten für den Ingenieur, plus Kosten für einen Fabrikationsraum. Ein paar verkaufte Bilder würden reichen, die Manufaktur zum Laufen zu bringen. Und Wolle zum Verspinnen hatte er in Wossinsk genug.

»Also gut«, sagte Eugen, »wenn es Ihnen gelingt, einen Fachmann und eine Spinnmaschine nach Odessa zu bringen, kaufe ich die besten drei Warenspeicher, die es in Odessa zu kaufen gibt, und beteilige Sie und den Herrn Generalgouverneur zu je einem Drittel.«

Lord Snowhill seufzte: »Für einen Neuling in der Branche sind Sie schon ganz schön ausgebufft.«

*

In der folgenden Woche kamen Jean Pierre Buxel, der aus der Schweiz stammende Gutsverwalter, und Köchin Irma, die besserabiendeutsche Witwe, zu Besuch.

Magister Hofmann nahm sich der beiden an, führte sie durch Odessa und bot ihnen ein abwechslungsreiches Programm: mal Cafébesuch, mal Theatermatinée, mal Einkaufsbummel. Ab und an waren sie sogar zu viert, wenn die Fürstin ein paar Stunden auf Larissa, ihre Haushälterin, verzichten konnte.

Die Abende verbrachten sie in großer Runde im Speisesaal. Die Fürstin genoss das Zusammensein und das üppige Essen nach russischer Art.

Zu Beginn gab es immer eine Suppe: Borschtsch oder Ucha, eine Fischsuppe, oder Schtschi, eine Kohlsuppe, oder Soljanka, einen Gemüseeintopf mit reichlich Fisch und Fleisch. Dazu wurden Roggenbrot, gefüllte Teigtaschen und Piroschki, gefüllte Brötchen, gereicht.

Nach einer kleinen Pause, in der Magister Hofmann über das am Tag Erlebte berichtete, servierte Larissa appetitanregende Vorspeisen, die allesamt von Irma auf dem Gut vorbereitet und mitgebracht worden waren: Bottarga, eingelagerte Salzgurken, gebratene Paprika, Olivensalat oder Zakuski, den beliebten Auberginensalat aus Dillgurken, Kaviar, gesalzenem Fisch und hartgekochten Eiern. Gelegentlich auch kleine Golubsy, Wirsing-Kohlrouladen, gefüllt mit Rinderhack, Buchweizen und gekochtem Reis.

Frisches Schweinefleisch, frischer Fisch oder Schaschlyk, kleine Spießchen mit Lamm-, Rind- und Schweinefleisch, bildeten die Hauptspeise. Dazu gab es Meerrettichsoße oder scharfen Senf, gebratenen Speck, Kartoffeln, Sauerkraut und Bohnen. Als Getränk wurde reichlich Kompott ausgeschenkt, zuckersüßer himbeerroter Beerensaft, der als besonders gesund galt und von der Fürstin ausdrücklich gewünscht wurde. Zu Tisch verbat sie sich jeglichen Alkohol, hasste sie doch benebelte und zuweilen randalierende Tischnachbarn.

Bevor Larissa köstliche Blini zum Dessert servierte, russische Pfannkuchen, gefüllt mit süßem Hüttenkäse oder Honig, wollte die Fürstin, die bisher meist zugehört hatte, allerlei wissen. Vom Verwalter: »Wie ist es um das Gut bestellt?« Von allen am Tisch: »Ist noch genug Geld auf der Bank, damit es jeden Abend zu einem so schönen Essen reicht?« Und von Eugen: »Was tust du, mein geliebter Enkel, um das Vermögen der Familie zu mehren?«

Eugen berichtete wahrheitsgemäß, und die Fürstin lobte ihn über den Schellenkönig. »Ich vertraue dir voll und ganz, mein Junge. Geld muss arbeiten, hat mein Mann immer gesagt. Merk dir das und handle danach.«

An einem Vormittag bestand Eugen darauf, mit Buxel allein auszugehen. Gezielt führte er ihn zu den schönsten Warenspeichern der Stadt und fragte viel: Wie viele solcher Häuser könnte man mit dem eigenen Getreide füllen? Würde sich der Zukauf von fremdem Getreide lohnen? Wo würde man bessere Preise erzielen, in Wossinsk oder in Odessa? Wie lagert man Getreide in einem solchen Speicher und wie lange? Was wäre bei der Verwaltung solcher Getreidespeicher zu bedenken?

Buxel, ein kluger Kopf, ahnte längst, worauf der Fürst

hinauswollte. Darum fragte er ungeniert: »Durchlaucht wollen in eigene Getreidespeicher investieren?«

Eugen erinnerte sich an das, was Langéron gesagt hatte, und meinte: »Mit Getreide kann man immer Geld verdienen. Und wir haben genug Getreide. Wir haben auch genug Geld. Also warum nicht Speicher kaufen oder bauen, wenn es sich für uns rentiert? Sie haben doch gestern Abend gehört, was die Fürstin gesagt hat.«

Buxel stimmte zu: »Die vielen kleinen Speicher auf dem Gut sind nicht gut. Getreide muss man kühl, belüftet und trocken lagern, zudem vor Nagetieren schützen. Die Verluste in unseren Speichern sind hoch. Bessere Speicher würden sich auszahlen.«

»Und welche Bedingungen muss ein guter Speicher erfüllen?«

»Es braucht einen sauberen Boden und einen trockenen, abgedunkelten Raum. Anfangs alle zwei Tage das Getreide wenden, etwa drei bis vier Wochen lang. Dann bleibt das Korn lang keimfähig. Gerste kann man, ordentlich getrocknet und verpackt, zehn Jahre einlagern. Weizen und Roggen nach meinen Erfahrungen nicht ganz so lang, aber mindestens zwei bis fünf Jahre.«

»Und was wäre noch zu bedenken?«

»Zur Reinigung des Getreides braucht man Siebe und Windfegen. Und zum Transport Winden und Sackkarren.«

»Wozu würden Sie mir raten: gebrauchte Speicher kaufen oder neue bauen?«

»Wäre mir an Ihrer Stelle egal. Hauptsache, die Lagerräume sind trocken, gut belüftet, abgedunkelt und frei von Nagetieren. Übrigens müssen es keine Gebäude aus Stein sein, wie hier in Odessa. Auch Holzbauten in Ständerbauweise, wie wir sie in der Schweiz haben, sind bestens geeignet.«

Sie schlenderten weiter, ins Gespräch vertieft, und kamen zum *Café Europa*. Wie zufällig saß dort Lord Snowhill beim Tee. Sie setzten sich zu ihm und Eugen stellte seinen Gast vor.

Sofort begannen der Verwalter und der Lord zu fachsimpeln. Eugen hörte aufmerksam zu und meinte schließlich: »Wenn ihr euch schon so einig seid, dann ratet mir bitte, was ich tun soll.«

»Meiner Meinung nach«, sagte der Lord, »sollten Sie, Durchlaucht, einen steinernen Speicher in Odessa kaufen und zwei hölzerne vor den Toren der Stadt bauen. Dort ist der Baugrund viel günstiger zu haben. Und Holz ist billiger als Stein.«

Eugen blickte, um Zustimmung bittend, den Verwalter an und bilanzierte: »Aufs Ganze gesehen kriegen wir zwei neue Speicher aus Holz zum Preis eines steinernen, stimmt's?«

Beide Herren bejahten es vorbehaltlos.

»Bleiben für mich als Laien drei Fragen«, meinte Eugen: »Wie regeln wir die Besitzverhältnisse? Wie kommt das Getreide von Wossinsk nach Odessa? Und wer verwaltet fachmännisch unsere Speicher?«

Buxel wandte sich an seinen Fürsten: »Erlauben Sie mir einen Vorschlag, Durchlaucht?«

Als Eugen nickte, meinte er: »Lord Snowhill ist Experte für Logistik. Er kennt sich in ganz Europa aus.

Darum sollte er für den Transport zu Lande und zu Wasser verantwortlich zeichnen. Und ich werde mich nach einem Fachmann umschauen, der die Speicher beaufsichtigen und betreiben kann, wenn wir ihm ein paar kräftige Männer zur Seite stellen.«

Eugen nahm den Gedanken auf und wandte sich an den Engländer: »Dann, Mylord, werden wir zwei so bald wie möglich den Herrn Generalgouverneur in Kenntnis setzen und ihn um Unterstützung unseres Vorhabens bitten.«

Eugen und Buxel verabschiedeten sich und spazierten quer durch Odessa zur Remeslennaja, der Hand-werksstraße. Dort suchten sie den Nachbarn des Tischlers auf, den Zimmermann aus Sachsen, der nach Aussage des Tischlers ein findiger Kopf sei, der Häuser und Brücken bauen könne.

Richard Uhlig, dem großgewachsenen Mann mit dem roten Haarschopf, fielen fast die Augen aus dem Kopf, als er erkannte, dass ein veritabler Fürst sein Haus beehrte. Beinahe untertänig hörte er sich an, was man ihm vorschlug: zwei Getreidespeicher aus Holz in Ständerbauweise errichten. Buxel skizzierte, wie diese Speicher in seiner Heimat aussahen. Der Zimmermann stellte ein paar Fragen und versprach dann, binnen einer Woche, ein Angebot vorzulegen. Eines könne er heute schon sagen: Er werde Unterstützung bei der Beschaffung des Bauholzes brauchen, wenn es mit dem Bau eile.

Schon am übernächsten Tag trafen sich Eugen und der Lord im Gouverneurspalast. Sofort wurden sie in Langérons Büro vorgelassen.

»Bienvenue, messieurs. J'espère que vous m'apportez de bonnes nouvelles«, begrüßte der Hausherr die Gäste. »Ich hoffe, Sie bringen gute Nachrichten.«

Eugen berichtete über den Plan, einen steinernen Warenspeicher zu kaufen und zwei neue aus Holz bauen zu lassen. Er werde als Bauherr auftreten und das Geld vorschießen. Nach Fertigstellung könnten sich die beiden Herren zu je einem Drittel an den Kosten und als stille Teilhaber am ganzen Unternehmen beteiligen.

Lord Snowhill erzählte, er habe Mister Barloy über die Textilbranche ausgefragt, weil Barloy Wollexporteur sei und sich in der Branche sehr gut auskenne. Barloy meinte, es gebe neben den berühmten englischen Spinnfabriken inzwischen auch deutsche Fabriken, die gleichwertig seien. Zum einen die Spinnereien und Spinnmaschinenhersteller in Sachsen. Zum anderen die Textilfabrik Cromford im rheinischen Ratingen, die bedeutendste Konkurrenz der Engländer. In Ratingen stünden zwei große Fabrikationshallen, in denen über achthundert Männer, Frauen und Kinder Garn herstellten. Die Geschäfte gingen hervorragend. Hilfsarbeiter bedienten die Maschinen. Sie hätten nichts anderes zu tun, als gefüllte Spindeln durch leere zu ersetzen und gerissene Fäden wieder zusammenzuknüpfen. An beiden deutschen Standorten, so Barloy, ließen sich problemlos Fachleute für Odessa anwerben und sogar fertige Maschinen erwerben.

Langéron sagte: »Der Reihe nach, meine Herren. Zunächst zu den Speichern.« Er wandte sich an Eugen: »Kann ich etwas zum Gelingen der Kornspeicher beitragen?«

»Gewiss. Wir brauchen zwei Bauplätze für die Holz-speicher.«

»Was schwebt dir vor?«

»Holzbauten in der Stadt sind nicht mehr zeitgemäß. Also geht es um zwei Plätze vor der Stadt. Am besten wäre es, wenn wir die Speicher südlich des Quarantäneforts und des geplanten Lyzeums errichten könnten, hoch über den Meeresklippen.«

»Du meinst die Barrière de la Campagne?«

»Ja, denn von dort kann man das Getreide auf kurzem Weg zum Hafen bringen. Außerdem ist die Gegend sehr windig, was für die Lagerung des Getreides von Vorteil wäre. Und noch eins kommt hinzu: Die Gegend ist vom Militär streng bewacht. Dort müssten wir uns um unser künftiges Hab und Gut keine Sorgen machen.«

»Kannst dich auf mich verlassen«, versicherte Langéron.

»Und Bauholz brauchen wir auch, so schnell wie möglich«, sagte Eugen. »Kannst du das auch besorgen?«

Langéron nickte. »Ich sag dir Bescheid, sobald ich mehr weiß.«

Dagegen steckte der Plan, eine Spinnerei zu errichten, noch voller Tücken. Er war noch nicht bis in alle Details durchdacht. Auch war keiner der drei Anwesenden ein wirklicher Fachmann auf dem Gebiet. Darum hatte der Gouverneur viele Fragen, vor allem an Lord Snowhill. Er setzte ihn mächtig unter Druck. Er wolle Ergebnisse jetzt, nicht am Sankt-Nimmerleins-Tag.

»Mylord müssen die Hufe schwingen, sonst muss ich mir überlegen, ob ich Ihre Handelslizenz verlängern kann. Nehmen Sie doch diesen Barloy mit ins Boot, wenn er sich so gut auskennt, wie Sie behaupten. Mir geht es nur um eines: endlich unsere Wolle nicht nur ausführen, sondern auch hier zu Garn verarbeiten. Wie Sie das machen, meine Herren, ist mir egal.«

Damit war das Gespräch beendet. Eugen und der Lord verließen den Palast und wanderten oberhalb des Handelshafens am Meer entlang bis zum Quarantäne-fort, dann nach Süden bis zum Bauplatz des künftigen Lyzeums und weiter bis zur Barrière de la Campagne, wie der Gouverneur gesagt hatte, der bewachten Brücke über den Befestigungsgraben. Von dort führte eine ge-pflasterte Straße zum Hafen und ein unbefestigter Weg ins Umland.

Lord Snowhill sah sich um und meinte dann: »In der Tat, ein idealer Standort. Wenn wir hier zwei Speicher hinstellen könnten und einen dritten in der Stadt kaufen, haben wir alles, was wir für ein gutes Getreidegeschäft brauchen.«

»Wollen wir hoffen«, meinte Eugen, »dass Zimmer-meister Uhlig gut und schnell arbeitet.«

Böse Nachrichten

In der folgenden Woche erhielt Eugen einen Brief. Verwalter Buxel berichtete, er habe sich mit seinem Neffen geeinigt. Er selbst wolle künftig, die fürstliche Erlaubnis vorausgesetzt, alle anstehenden Arbeiten in Odessa übernehmen: Bauleitung und Verwaltung der Speicher und was sonst noch zu erledigen sei. Sein Neffe Olivier kenne das Gut inzwischen so gut, dass er es allein verwalten könne.

Weiter teilte Buxel mit, er habe alarmierende Nachrichten aus seiner Heimat erhalten. An Neujahr seien ungeheure Schneemassen über Berge und Täler niedergegangen. Niemand könne sich erinnern, jemals so viel Frostwetter erlebt zu haben. Und der Himmel erstrahle in nie da gewesener Pracht. Am Abend wetterleuchte es in allen Farben, orange, blutrot, blau, grün und violett. Alles deute auf einen späten, nasskalten Frühling und einen verregneten Sommer hin. Eine Teuerung ohnegleichen stehe bevor. Man blicke in eine trübe, traurige Zukunft. Die zuhause Gebliebenen hätten ihn, Buxel, gebeten, er möge alles in seiner Macht Stehende tun und den von Hunger Bedrohten in der Heimat helfen.

Auch von anderer Stelle habe er ähnliche Botschaften erhalten, schrieb Buxel. Darum wolle er seinen Beitrag leisten, damit man die Getreidespeicher rasch füllen und den Hungernden helfen könne.

Eugen las den Brief und war sofort beunruhigt. Er

erinnerte sich an die Prophezeiungen, die ein seltsamer Kauz, der wie ein Wahrsager auf dem Jahrmarkt gekleidet gewesen sei, dem Postwirt in Melk gemacht hatte. Vor einigen Monaten sei ein hoher Berg explodiert und habe den Himmel blutrot gefärbt. Aschewolken seien bis zu den Sternen aufgestiegen. Eine Woche lang sei es stockdunkel gewesen. Es habe nur geregnet, Wasser und glühende Asche! Und dieses Unheil, prophezeite der Kauz, komme bald auch in viele Gegenden der Erde. Die Sonne werde sich verfinstern, es werde sintflutartig regnen, und die Ernte werde auf dem Feld verfaulen.

Eugen lief ruhelos in seinem Atelier hin und her. Wenn das alles wahr wird, dann wehe den Menschen! Viele werden verhungern!

Er stieg in den ersten Stock hinauf und bat Magister Hofmann, er möge den Brief lesen.

Während Hofmann las, verdunkelte sich sein Gesicht. Dann ließ er das Schreiben sinken und meinte: »Letzthin habe ich in der *St. Petersburger Zeitung* einen Bericht aus Württemberg gelesen. Da war von monotonem Donner, Lichtblitzen am Himmel und sintflutartigen Regenfällen die Rede. Und immer wieder auch Eisregen. Die Temperaturen seien kaum über dem Gefrierpunkt gestiegen. Württemberg und Baden, die unter der französischen Herrschaft besonders gelitten hätten, träfe die Naturkatastrophe besonders hart, weil für Getreide, Obst und Wein eine schlimme Missernte drohe.«

»Und wie schätzt du die Lage hier in Odessa ein? Werden auch wir eine Missernte haben? Ich kann es nicht beurteilen, weil ich die letzten Jahre nicht hier war.«

»Wenn ich alles richtig deute, dann steht uns keine Missernte bevor. Im Gegenteil. Heuer ist es zwar etwas kälter, dafür gibt es mehr Regen.«

»Sag mir bitte deine ehrliche Meinung: Was sollen wir tun?«

»Du bist ein Glücksritter, mein Lieber. Als hättest du's geahnt, planst du gerade, in den Getreidehandel einzusteigen. Lass die Holzspeicher so schnell wie möglich bauen. Kauf ein, besser zwei steinerne Warenlager dazu. Fülle die Speicher mit Getreide, so viel du kriegen kannst. Damit kannst du nicht nur reichlich Geld verdienen, sondern auch viel Gutes tun.«

Sie verabredeten, am Abend eine Schänke am Hafen aufzusuchen und sich unter den Seeleuten umzuhören.

Was sie da zu hören bekamen, übertraf ihre größten Befürchtungen. Überall gingen die Getreidevorräte zur Neige, erzählte man ihnen. Nur noch in Neurussland gebe es bedeutende Überschüsse an Getreide. In fast allen Ländern in Europa entstünden Kornvereine, die Getreide in Russland kaufen wollten. Schon würden in den großen Städten Armenküchen eingerichtet. Dort bekämen Hungernde für einen Kreuzer eine Suppe aus Graupen und Erbsen. In Heilbronn im Württembergischen sei es besonders schlimm, weil zu allem Übel auch noch der Neckar über die Ufer getreten sei und die ganze Stadt überschwemmt habe.

Bedrückt gingen die beiden nach Hause. Während sich Meister Hofmann wortkarg ins Bett verabschiedete, quälte Eugen ein Problem, über das er mit niemandem sprechen konnte. Wie stand es um Mathilde Becker? Die junge Frau von Buchdruckermeister Wilhelm Becker in Heilbronn müsste eigentlich inzwischen Mutter geworden sein, wie sie es sich gewünscht hatte. Und wenn es so war, wie ging es dann seinem Kind? Waren Mutter und Kind wohlauf? Stand die Buchdruckerei am Marktplatz unter Wasser? Litten beide große Not?

Er fühlte sich schuldig und überlegte, ob und wie er helfen könnte. In dieser Nacht schlief er unruhig. Und früh am Morgen schreckte er hoch, weil es an der Tür klopfte.

Eugen warf einen Morgenmantel über und öffnete. Draußen stand ein Bote aus dem Gouverneurspalast.

»Seine Exzellenz Graf Langéron bitten Seine Durchlaucht Fürst Samarow so bald wie möglich in seine Residenz zu kommen.«

Eugen versprach, sich zu beeilen. Er verrichtete rasch seine Morgentoilette, bat Larissa, mit dem Frühstück zu warten, und eilte zum Palast.

Der Generalgouverneur lief in seinem Arbeitszimmer auf und ab. In der Hand hielt er einen Brief, auf dem ein auffälliges Siegel angebracht war.

Als sein Adjutant klopfte und Eugen ins Zimmer führte, stürzte Langéron auf ihn zu mit den Worten: »Gut, dass du da bist, Ewgenij. Wie du ja weißt, hat niemand direkten Zutritt zu Seiner Majestät, außer der Generalgouverneur von Neurussland, und das bin ich. Gestern Abend bekam ich diesen Brief.« Er zeigte ihn vor. »Der Zar persönlich bittet mich, seine Lieblingsschwester Katharina, die inzwischen in Stuttgart eingetroffen ist, nach besten Kräften zu unterstützen. Dem

Königreich Württemberg stehe eine Hungersnot bevor. Die württembergische Regierung gebe bereits Getreide zu Gnadenpreisen ab, benötige aber dringend Nachschub.«

Eugen stand die Sorge ins Gesicht geschrieben: »Lieber Alexandre, auch ich habe gestern einen Brief von meinem Verwalter erhalten. Er berichtet von schlimmen Naturereignissen und bevorstehenden Hungersnöten in seiner Schweizer Heimat. Und gestern Abend war ich mit Magister Hofmann in einer Schänke am Hafen. Seeleute haben Schreckliches erzählt, gerade aus Württemberg und der Stadt Heilbronn.«

»Sag, Ewgenij, wie können wir helfen? Hast du einen Vorschlag?«

»Wenn die Hungersnot schon da ist und das Unwetter anhält, dann ist sie im kommenden Herbst und Winter noch größer. Ich habe genug Getreide. Lord Snowhill kann es auf meinem Gut sofort holen lassen und nach Württemberg verfrachten. Und dann sollten wir, so schnell es irgend geht, Warenspeicher kaufen und bauen. Verschaff mir bitte noch heute einen Bauplatz an der Barrière de la Campagne und genügend Bauholz. Und schon morgen fangen wir zu bauen an. Und sorg bitte dafür, dass ich umgehend zwei Warenspeicher in der Stadt kaufen kann. Dann lagere ich Getreide ein, so viel ich kriegen kann. Zudem bitte ich meinen Verwalter Buxel, hierher nach Odessa zu kommen und die Gutsverwaltung seinem Neffen zu übertragen, der bereits eingearbeitet ist. Buxel ist unser Mann für den Getreidekauf und die Lagerhaltung. Er kann sich zusammen mit Lord Snowhill um regelmäßige Getreidelieferungen nach Württemberg kümmern.«

Langéron war hocherfreut. »Ich antworte noch heute Seiner Majestät.«

»Und ich bringe dir in zwei Stunden einen Brief, den dein Postreiter dann auch gleich mitnehmen kann. Ich schreibe Buxel, er solle schnellstmöglich herkommen, aber zuvor so viel Getreide, wie er kriegen kann, von den umliegenden Höfen aufkaufen.«

*

Unruhige Tage brachen für Eugen an. Er fand kaum noch Zeit zum Malen oder Lithografieren. Immer wieder rannte er zur Barrière de la Campagne und schaute nach, womit Zimmerer Uhlig und seine Männer beschäftigt waren. Immer wieder sauste er zum Hafen und besprach sich mit Lord Snowhill. Die ersten Wagenladungen voller Getreide waren aus Wossinsk eingetroffen und wurden auf Schiffe verladen. Immer wieder besprach er sich mit Magister Hofmann, was zu tun sei, denn Jean Pierre Buxel war noch nicht eingetroffen. Und immer wieder lief er in seinem Atelier auf und ab und überlegte, ob er Mathilde Becker einen Brief schreiben sollte. Einerseits plagte ihn das schlechte Gewissen. Andererseits wusste er genau, dass alle Bemühungen, ihr zu helfen, kaum zu realisieren waren.

Sollte er einen gezogenen Wechsel ausstellen? Aber auf welche Person müsste der Zahlungsauftrag dann lauten? Frauen galten ja sowohl in Russland als auch in Württemberg als nicht geschäftsfähig. Folglich könnte der Wechsel nur auf Buchdruckermeister Wilhelm Becker lauten. Und der würde, gesetzt den Fall, er hielte einen solchen Wechsel in Händen und läse den Absender, viele Fragen stellen, die seine Frau weder beantworten konnte noch beantworten wollte.

Jemandem Bargeld mitgeben? Aber wem? Alexeij Grigorij Kuznetsow fiel ihm ein, doch zugleich war ihm bewusst, dass der russische Tross nicht mehr Heilbronn anfuhr, hatte man doch Napoleon endgültig besiegt und nach St. Helena verbannt.

Auch ein Brief an Mathilde Becker verbot sich, denn der würde automatisch bei ihrem Mann landen und könnte Streit ins Haus bringen. Und ein Brief an Wilhelm Becker? Wozu? War er nicht im Streit mit ihm geschieden?

Sorgen über Sorgen. Eugen haderte lautlos vor sich hin. Doch alles Lamentieren half nichts. Hier war ihm eine Aufgabe gestellt, die er zu erfüllen hatte. Basta!

Nach einer schlaflosen, von Selbstvorwürfen zerrissenen Nacht schlich sich Eugen am frühen Morgen aus dem Haus und hinterließ nur einen Zettel: »Kurzer Ritt ins Umland. Bin zum Abendessen wieder da.«

An der Poststation lieh er sich ein Pferd und ritt an seiner Baustelle vorbei nach Südwesten. Schon bald erreichte er ein schmuckes Dorf. Als er an einem Ziehbrunnen anhielt und die dort stehende Bäuerin um einen Eimer Wasser für sein Pferd bat, antwortete sie auf Deutsch.

Als Eugen sie irritiert anschaute, sagte sie: »Alle im

Dorf sind deutsche Auswanderer, die dem Ruf der Zarin Katharina gefolgt sind. Einige von uns kommen aus dem Schwabenland, andere aus Baden und wieder andere aus dem Elsass.«

Sie schöpfte Wasser, ließ das Pferd saufen und erzählte, ihr Dorf sei die letzte deutsche Gemeinde des Distrikts Großliebenthal in Richtung Odessa.

»Geht es euch gut in der neuen Heimat?«

»Eigentlich schon«, bekannte die Frau. »Wir müssen keine Steuern zahlen. Unsere Männer müssen nicht zum Militär. Und das Generalgouvernement hat uns Land geschenkt und ein beträchtliches Startkapital.«

Anfangs, berichtete sie, seien sie mit dem ungewohnten Klima und dem schweren Boden nicht zurechtgekommen. Erst als sie neue Methoden der Feldbestellung und der Viehzucht ausprobiert hätten, sei es besser geworden, viel besser sogar. Zunächst hätten sie mit der Rinderzucht begonnen, dann Schafe mit feiner Wolle gezüchtet. Die Wolle kauften inzwischen Händler aus Odessa auf. Dann hätten sie ostfriesische Rinder angeschafft, weil die sich besser an die Steppe anpassen. Und schließlich hätten sie begonnen, Getreide, Sonnenblumen, Wein, Gemüse, Obst und Tabak anzubauen. Mit großem Erfolg. Und neuerdings seien in den deutschen Dörfern auch Ziegeleien, Brauereien, Käsereien und Ölmühlen entstanden.

»Ist das in den anderen deutschen Siedlungen auch so?«

»Ich bin noch nicht weit herumgekommen. Aber ich denke schon. Ein Dorf ist wie das andere. Und wenn der Herr stramm einen Tag weiterreitet, dann kommt er an den Dnjestr Liman, sagt mein Mann. Er war schon dort. Das soll ein breiter Fluss mit einem See zum Meer hin sein. Und auf der anderen Seite soll Bessarabien liegen. Da wohnen viele Deutsche in reichen Dörfern. Aber ich war noch nie dort.«

»Und die bauen alle Getreide an?«

»Getreide, Mais, Wein, Leinen und Tabak, so weit das Auge reicht.«

In diesem Moment ging ein Regenguss nieder. Die Bäuerin bat den Fremden ins Haus.

Wenig später kam ihr Mann hinzu. Erst wusch er sich, dann begrüßte er Eugen mit festem Händedruck.

»Willkommen«, sagte er und sah den Gast freundlich an. »Ich schätze, Ihr kommt aus Odessa, werter Herr.«

»Freilich.«

»Und wollt jetzt zum Dnjestr?«

»Ich bin ohne Ziel ausgeritten. Mir war einfach danach, die Umgebung von Odessa zu erkunden.«

»Und wie gefällt Sie euch, die Umgebung?«

»Ich bin sprachlos. Eine solch reiche Gegend hätte ich nicht erwartet.«

Sie unterhielten sich über dies und jenes und natürlich auch über das Getreide, das schon im Boden keimte, und die Ernteaussichten für dieses Jahr.

Bis sich Eugen als Fürst Samarow zu erkennen gab, der demnächst über eigene Getreidespeicher verfügte und an neuen Getreidelieferanten interessiert war.

»Dann kennt Ihr auch den Herrn Generalgouverneur?«

»Graf Langéron? Aber ja! Gut sogar! Warum, was ist mit ihm?«

»Danken wollte ich ihm. Ich kenne ihn nicht, auch wenn ich schon in seinem Palast war, als man uns die Besitzurkunden aushändigte.«

»Ich werde Ihren Dank gern überbringen.«

Die Bäuerin trug das Essen auf. »Linsen mit Spätzle und Saitenwürstle«, sagte sie. »Wir essen immer noch wie in unserer schwäbischen Heimat. Anders als die Russen essen wir mittags warm und abends kalt, da vespern wir bloß.«

Sie schöpfte Eugen einen Teller voll und ihr Mann holte zwei Bier aus dem Keller. »Wir haben in unserem Dorf eine kleine, aber feine Brauerei. Mein Nachbar ist Bauer und macht nebenher Bier.«

Eugen aß mit großem Appetit. Es hörte zu regnen auf. Die Sonne brach durch die Wolken. Die Wiesen ums Haus leuchteten feucht und strahlend, als wollten sie sagen: »Nun komm schon, Eugen, reite heim und schau nach dem Rechten.«

Er dankte für die Gastfreundschaft, legte ein paar Silberrubel auf den Tisch und bestieg sein Pferd.

*

Frohgemut stürmte Eugen aus dem Haus. Es ging voran. Das Fundament des ersten Speichers und der Auflagerahmen waren fertig. Der Zimmermann und seine Männer arbeiteten im Akkord. Buxel überwachte die Arbeiten. Darum hatte er selbst wieder Zeit, sich über neue Gemälde und Lithografien Gedanken zu machen.

Eigentlich war Buxel überall. Er war sein Geld wert.

Zweimal am Tag ritt er zur Baustelle, einmal täglich traf er sich mit Lord Snowhill und sprach mit ihm die neue Getreidelieferungen ab. Und in der restlichen Zeit sammelte er Getreide bei den Bauern ein, wickelte den Weiterverkauf an den Lord ab und sah sich nach neuen Lieferanten um.

Eugen hatte ihm von den deutschen Siedlern im angrenzenden Distrikt Großliebenthal und von den reichen Dörfern jenseits des Dnjestr berichtet. Köchin Irma, die bessarabiendeutsche Witwe aus dem Schwarzwald, habe ihm schon viel von Bessarabien vorgeschwärmt, antwortete Buxel. Er werde schon bald dorthin reisen, nicht zuletzt, um neue Lieferanten zu gewinnen. Ob Eugen dann mitkommen wolle, fragte er. Eugen winkte ab: »Nehmt Meister Hofmann mit. Er will mal wieder für ein paar Tage aus Odessa raus.«

An der Hafenzufahrt stauten sich die Fuhrwerke, hoch beladen mit Säcken voller Getreide, angeheuert und bezahlt von Lord Snowhill. Gestern hatte es noch geregnet, heute brannte die Sonne vom strahlend blauen Himmel. Man hörte Peitschen knallen und die kurzen Kommandos der Fuhrleute.

Eugen saß im französischen Café hoch über dem Hafen und beobachtete, wie die Fuhrwerke zum Hafen hinunterschwankten und die Schiffe beladen wurden.

Er grinste vor sich hin. Mit jedem Sack Weizen, der da unten an Bord gehievt wurde, wuchs sein Guthaben bei der Bank. Das wusste glücklicherweise niemand, außer Buxel, Langéron, Lord Snowhill und der Bankdirektor. Aber die hielten dicht, weil sie von seinem Reichtum zehrten. Die Bürger der Stadt glaubten, der neue Aufschwung im Getreidehandel gehe auf den englischen Gentleman zurück, der das Getreide aufkaufte und die Fuhrleute anheuerte.

Eugen hingegen, der allen großen gesellschaftlichen Ereignissen fernblieb, keinen Pomp entfaltete und weder eigene Kutsche noch eigenes Pferd besaß, hielten die Leute für einen kleinen Fürsten, der noch an seiner eigenen Biografie, über die ganz Odessa Bescheid wusste, zu kauen hatte. Umso deutlicher stach sein künstlerisches Können heraus, das er in seiner ersten Ausstellung in der Bank offenbart hatte und das in der Öffentlichkeit bewundert wurde.

Eugen gefiel sich in der Rolle des Künstlers, der von seiner Kunst und den Ersparnissen seiner Großmutter lebte. Er musste sich nicht verkleiden, wie einst Zar Peter der Große, der sich nachts eine alte Hose und eine abgewetzte Jacke anziehen und durch die Hintertür seines Palastes stehlen musste, um zu hören, was man über ihn wusste und von ihm dachte. Im Schatten der Anonymität schlich er durch die Gassen und Spelunken. Man erkannte ihn nicht, weil man ihn als Mensch nicht kannte. In seiner Verkleidung war er nur noch ein Irgendwer, vielleicht sogar ein Niemand. Allerdings staunten am nächsten Morgen die Minister, wie gut Seine Majestät Bescheid wusste.

Bei Eugen hingegen war es völlig anders. Die Leute kannten ihn nur als Menschen und Künstler. Dass er ein bedeutender oder gar reicher Mann sein könnte, hielten sie für völlig abwegig. Er passte nicht ins Muster eines erfolgreichen Fürsten oder Unternehmers. Vielmehr galt er bei denen, die ihn kannten, als bescheidener, umgänglicher und liebenswürdiger Zeitgenosse, der ganz in seiner Kunst aufging. Kein Mensch in Odessa wäre auf die Idee gekommen, er könnte ein Filou sein, ein Geschäftemacher oder gar ein Spitzbube.

Und so blieb er unbehelligt bei Tag und bei Nacht. Ihm selbst war es wichtig, für genügsam und schlicht zu gelten. Dass die Menschen glaubten, wer gescheit und einsichtsvoll ist, müsse automatisch tugendhaft sein und könne nicht als Lügner und Betrüger bezeichnet werden, kam ihm sehr entgegen.

Eugen lachte vor sich hin. Plötzlich war ihm in den Sinn gekommen, dass Karl, der Buchdruckerlehrling in Heilbronn, mit dem er anfangs ein Bett teilte, wiederholt geneckt hatte: »Du hast immer Glück. Und wer's Glück hat, dem kalbt sogar der Ochs.« Dann hatte er prophezeit: »Wart's ab. Du wirst mal ein ganz Großer.«

Eugen nippte an seinem Tee und genoss den Erdbeerkuchen. Dann legte er seinen Zeichenblock auf die Brüstung, die Besucher vor dem Abgrund schützte, und skizzierte, was sich vor ihm auf dem weiten Meer und unter ihm am emsigen Hafen abspielte.

Und während er das Geschaute zu Papier brachte, fiel ihm wieder ein, dass er im letzten Jahr auf Langérons Schreibtisch ein interessantes Buch gesehen hatte: *St. Petersburger Taschen-Kalender auf das Jahr 1815.* Was hatte es damit auf sich? Kalender auf das Jahr 1815 – darunter konnte er sich etwas vorstellen. Aber wieso Taschen-Kalender? Und dann auch noch ein ganzes Buch? Ein kleineres Blatt Papier würde doch ausreichen, alle dreihundertfünfundsechzig Tage zu vermerken, sortiert nach Monaten und Wochentagen. Könnte man nicht …?

Eugen bestellte noch einen Tee und ein Stück Kuchen und dachte nach. Allmählich nahm die Idee Gestalt an: eine Farblithografie, die den Militärhafen schräg von oben zeigte, dazu Schiffe an der Mole und dahinter das weite Meer. Und rechts oben ein Jahreskalender, rot die Monate, blau die Sonntage und schwarz die Werktage.

Aber woher die Kalenderdaten fürs nächste Jahr nehmen?

Tee und Kuchen wurden serviert. Eugen aß, er trank und tippte sich plötzlich an die Stirn: Meister Hofmann! Der wusste in diesen Dingen Bescheid.

Bessarabien

Beim üppigen Abendessen erläuterte Eugen seine Idee: Jährlich wolle er eine große Farblithografie herstellen. Mit wechselnden Motiven der Stadt und rechts oben dem aktuellen Jahreskalender.

Die Fürstin klatschte in die Hände. Sie war begeistert. »Du bist großartig, mein Liebling. Ich habe schon immer gewusst, dass du ein ganz Großer wirst.«

Magister Hofmann stimmte in das Loblied ein und versprach, sich um die Kalenderdaten für das kommende Jahr zu kümmern. »Ich weiß schon, wo ich die herkriege«, sagte er und löffelte genüsslich seine Gemüsesuppe.

»Du wirst sehen«, sagte die Fürstin, »die Leute werden deinen Kalender lieben und an die Wand hängen. In jedem Haus wird er ein Schmuckstück sein.«

Sie aßen und tranken, plauderten über dies und das und kamen auf Buxel zu sprechen.

»Er will nach Großliebenthal und Bessarabien reiten«, sagte Hofmann zu Eugen, »hast du das gewusst?«

»Ich hab's ihm empfohlen. Dort gibt es demnächst Getreide in Hülle und Fülle. In einem Dorf nahe Odessa habe ich es selbst gesehen und gehört.«

»Buxel will, dass ich ihn begleite«, sagte Hofmann.

Bevor Eugen antworten konnte, sah ihn die Fürstin an und sagte bestimmt: »Du solltest mit, mein lieber Ewgenij. Geld muss arbeiten, hat mein Mann immer gesagt. Also begleite die beiden Herren. Du wirst es nicht bereuen.«

»Im Distrikt Großliebenthal war ich schon«, bemerkte der Magister, »ist ja nicht weit von hier.«

»Dann erzähl bitte«, bat Eugen.

Und so berichtete Magister Hofmann, während sie ausgiebig aßen und tranken. Zar Alexander habe Werber nach Deutschland und in die Schweiz geschickt. Wegen der Kriegswirren, damals machten Napoleons Truppen ganz Europa unsicher, habe er großen Erfolg gehabt. Die ersten Siedler, davon die Hälfte Kinder, kamen mit Ulmer Schachteln auf der Donau bis Galatz und dann auf dem Landweg hierher. Sie waren etwa achtzig Tage unterwegs. An der Grenze mussten sie für vier Wochen in Quarantäne. Die zweite Siedlergruppe hat mehr als vier Monate gebraucht. Sie hat die tausendachthundert Meilen zu Fuß zurückgelegt. Über Berg und Tal, durch unbekannte Gegenden. Sie wollte auf kein Schiff. Es war ihnen zu teuer und zu gefährlich, weil überall Piraten auf der Donau lauerten. Alle Kolonisten haben Land bekommen, umsonst. So seien die ersten Dörfer entstanden: Großliebenthal und Kleinliebenthal, dann noch einige mehr.

»Warst du schon in Bessarabien?«, wollte Eugen wissen.

»Nein«, gestand Hofmann, »über den Dnjestr habe ich noch nie übergesetzt, zumal sich der Fluss zum Meer hin zu einem großen See weitet. Liman sagen die Leute zu diesem See.«

»Du musst dir das so vorstellen«, wandte sich die Fürstin an Eugen, »das ganze Gebiet nördlich des Schwarzen Meeres, auch Bessarabien, gehörte lange Zeit zum Osmanischen Reich. Viele Kriege gab es zwischen den

Türken und den Russen. Erst Zar Alexander ist es gelungen, die Türken endgültig zu besiegen. So fiel Bessarabien im Friedensvertrag von Bukarest an Russland. Die Türken flüchteten in die Dobrudscha und in die Türkei. Ganz Bessarabien lag brach und war so gut wie unbewohnt. Es muss ein Bild der Verheerung und Verwilderung gewesen sein. Der Zar hat dann das getan, was ihm seine Großmutter, die Zarin Katharina, vorgemacht hat: Er hat sofort in Deutschland und der Schweiz bekanntmachen lassen, dass er Ansiedler sucht. Wie im Distrikt Großliebenthal hat er auch den neuen Kolonisten angeboten: zehn Jahre lang keine Abgaben und Grundsteuern, 60 Dessjatinen Land für jede Familie, unbefristete Befreiung vom Militärdienst, Religionsfreiheit und noch einiges mehr.«

Eugen hatte in Heilbronn von russischen Werbern für Neurussland gehört, aber damals hatte ihn das nicht weiter interessiert.

»Warum haben die Kolonisten ihre Heimat verlassen?«, fragte er die Fürstin.

»Ich habe mir sagen lassen, dass die Siedler die hohen Abgaben in ihrer Heimat nicht mehr zahlen konnten. Die wurden erhoben, vor allem in Württemberg, weil Napoleons Kriege Unsummen verschlangen und die Bevölkerung unter den Soldaten litt. Dazu kamen Dürrejahre, weil man wegen der Kriege nicht säen und ernten konnte. Die Leute waren bettelarm und nagten am Hungertuch. Und die frommen Pietisten waren mit ihrer Kirche unzufrieden. Der Fürst war ja zugleich ihr Bischof. Unter dem hatten sie nichts zu lachen. Also haben sie ihre letzten Habseligkeiten verkauft und sind fort. So hat man es mir erzählt.«

»Dann würde mich nur noch eines interessieren«, wandte sich Eugen an Magister Hofmann: »Wie stellst du dir die Reise nach Bessarabien vor? Mit der Kutsche wird's doch bei den schlechten Straßen gewiss eine Tortur.«

»Ich schlage vor, wir machen es wie bei meiner ersten Reise nach Großliebenthal: Wir reiten, und jeder hat noch ein Pferd am langen Zügel, das den Proviant trägt.«

*

Drei Männer ritten am Meer entlang nach Südwesten. Sie führten drei weitere Pferde mit sich, bepackt mit allerlei Reiseutensilien und Vorräten. Es war sonnig. Vom Meer her spürten sie eine kühlende Brise.

Magister Hofmann ritt voraus, denn er wusste noch so ungefähr, wo es nach Lustdorf ging, war er doch schon einmal dort gewesen. Ihm folgte Buxel. Eugen ritt hinterher.

Sie hatten sich drei Tage zuvor in Eugens Atelier zusammengesetzt und ein paar Abmachungen getroffen. Zuerst tranken sie auf Duzbrüderschaft. Dann vereinbarten sie, Eugen niemals als »Fürst« oder »Durchlaucht« anzureden, denn ihm sei das vornehme Getue zutiefst zuwider. Buxel, entschieden sie, solle als Anführer auftreten und alles Geschäftliche regeln. Und Hofmann bot an, Tagebuch zu führen, die Reiseroute zu skizzieren und Interessantes zu notieren. Eugen als Jüngster nahm sich das Recht heraus, im Hintergrund zu bleiben. Buxel solle als Schweizer auftreten, Hofmann als Schwabe und Eugen als deutschsprechender russischer Künstler. Zudem hatte Eugen von Lagéron ein Empfehlungsschreiben erbeten, das die örtlichen Behörden anwies, den dreien in allen Belangen behilflich zu sein.

So kamen sie schon nach reichlich zwei Stunden in Lustdorf an, wo ausschließlich Kolonisten aus Württemberg lebten, wie ihre schwäbische Mundart verriet. Bei einem Bauern erstanden sie gegen Bezahlung Wasser und Futter für ihre Pferde.

Der Bauer war freundlich und redselig. Er erzählte, ihre Ortschaft habe anfangs Kaiserheim geheißen, musste dann auf Befehl des Generalgouvernements, dem der Ortsname nicht gefiel, in Lustdorf umbenannt werden.

Als der Siedler hörte, die drei Reiter interessierten sich für Getreide, Mais und Tabak und würden eventuell einen mehrjährigen Vertrag anbieten, bat er sie in seine Hütte.

Während seine Frau das Mittagessen zubereitete, erzählte er, wie er sein neues Leben am Schwarzen Meer eingerichtet hatte.

»Das war schön, als wir hier ankamen«, schilderte er. »Kein Kriegslärm wie in der Heimat, keine französischen Soldaten, die plünderten und brandschatzten. Nur Arbeit in Hülle und Fülle. Aber das waren wir ja gewohnt.«

Allerdings sei anfänglich manches schwierig gewesen: die fremde Kultur, die fremde Sprache, die fremden Sitten und die fremde Religion. Und dann die schier endlose Weite ohne Haltepunkt am Horizont. Natürlich habe man zunächst in Armut gelebt, denn man hatte ja nichts mitgebracht: keine Ackergeräte, kein Saatgut, kein Vieh. Aber sie hätten Geld gehabt: dreihundert Silbergulden je Familie, so habe es der Zar verlangt. Er wolle sich keine Bettler ins Land holen, habe er angeordnet, sondern nur die besten Landwirte und Handwerker, tüchtige Kolonisten mit einwandfreiem Lebenswandel, beglaubigt von der Ortsbehörde noch vor der Auswanderung. Bei Ankunft habe jede Familie Geld vom Generalgouvernement bekommen, dazu Besitzurkunden über sechzig Dessjatinen Ackerland und einige Dessjatinen Weinland zum unbestreitbaren und ewigen Besitz. Geschenkt! Unglaublich, aber wahr! Das Land dürfe aber nie verkauft, sondern nur an den jüngsten Sohn vererbt werden. Die anderen Söhne müssten anderswo Land kaufen oder pachten oder ein Handwerk lernen. Jedem Kolonisten sei ausdrücklich erlaubt, Werkstätten, Manufakturen und Fabriken einzurichten, Handel zu treiben und Waren nach Odessa oder in andere Orte im Zarenreich zu verkaufen.

»Kannst du lesen und schreiben?«, fragte Buxel.

Der Bauer lachte: »Bei uns in Württemberg gehen Buben und Mädchen schon seit langer, langer Zeit in die Schule und lernen lesen und schreiben.«

Buxel legte das Empfehlungsschreiben des Generalgouverneurs vor, und der Bauer las mit wachsendem Erstaunen. »Oh, ich sehe schon«, meinte er, »ihr seid ehrliche Leute.«

»Wenn du willst, kaufen wir dir alles Getreide ab, das du dieses Jahr erntest.«

Sie schlossen einen schriftlichen Vorvertrag. Büxel sicherte dem Bauern überdies zu, Getreide auch in den kommenden Jahren aufzukaufen, sofern Preis und Qualität stimmten.

Dann ritten sie weiter und kamen nach Kleinliebenthal am Flüsschen Klein-Akerscha. Hier lebten ausschließlich katholische Familien aus dem Elsass und der bayerischen Pfalz. Leider wollte keiner mit ihnen ins Geschäft kommen.

Weiter ritten sie durch die Steppe nach Großliebenthal. Der Ort lag zu beiden Seiten des Flusses Groß-Akerscha. Er galt als der älteste Ort und der Mittelpunkt des Distrikts. Die Ansiedler waren meist Württemberger. Zwei Bauern konnte Buxel zu Vorverträgen überreden.

Die nächste Ortschaft nannte sich Alexanderhilf, aus Dankbarkeit für Zar Alexanders Beistand. Evangelische Einwanderer aus Württemberg und Ungarn hatten sie gegründet. Allerdings hatte hier die »hitzige Krankheit« gewütet, auch Fleckfieber oder Typhus genannt, und in drei Monaten beinahe vierhundert Menschen den Tod gebracht. Niemand nahm von den drei Reitern Notiz.

Darum zogen die vier in den Nachbarort weiter. Neuburg, gegründet von evangelischen Siedlern aus Württemberg. Auch hier waren viele Menschen an Typhus gestorben. Nur dreißig Familien, merkwürdigerweise die meisten davon Handwerker, hatten überlebt. Sie waren gerade dabei, sich mühsam das Ackern, Säen und Ernten beizubringen.

Bei einer Zimmermannsfamilie durften sie ihre Pferde im Stall unterstellen. Zimmerer Hartmann und seine Frau luden die drei von der langen Reise Ermatteten zum

Abendessen ein. Am Tisch saßen auch die beiden Söhne Christian und Christoph. Auch sie hatten beim Vater Zimmerer gelernt. Der jüngere Christoph solle einmal, wie vorgeschrieben, die Werkstatt und die Felder erben. Der ältere Christian wolle sich demnächst nach einer neuen Arbeitsstelle umschauen.

Sie plauderten über die örtlichen Probleme nach der Seuche, die so viele und so schnell hinweggerafft hatte. Und sie sprachen lange über das Reiseziel der Gäste: Bessarabien.

»Ich war mit meinen Buben schon öfter dort und habe Häuser und Ställe gebaut«, sagte Hartmann. »Entweder ihr reitet direkt nach Süden, bis ihr ans Meer kommt. Dann immer der Küste entlang, bis ihr auf einem befestigten Sandstreifen seid, der den Liman vom Meer abtrennt. Leider hat der Sandstreifen eine offene Stelle, durch das Wasser vom Liman ins Meer fließt. Deshalb müsst ihr dort mit einer Barke übersetzen. Die Überfahrt dauert nicht lange. Oder ihr nehmt den anderen Weg: von hier aus nach Nordwesten, um den Liman herum, und schon seid ihr in Bessarabien.«

Eugen gab Buxel ein Zeichen mit dem Kopf, er solle ihm nach draußen folgen.

Vor dem Haus sagte Eugen zu seinem Verwalter: »Der ältere Sohn scheint mir ein pfiffiges Kerlchen zu sein. Sollten wir den nicht mitnehmen? Er kann uns den Weg zeigen. Unterwegs prüfen wir in aller Ruhe, ob wir ihn in Odessa brauchen können.«

»Keine schlechte Idee. Meister Uhlig braucht fachkundige Helfer. Soll ich den Jungen fragen?«

Eugen nickte. Sie gingen wieder ins Haus. Meister Hartmann und seine Söhne wogen die beiden Routen nach Bessarabien gegeneinander ab.

»Die nördliche ist die bessere«, meinte Christian. »Die meisten Siedlungen sind ohnehin im Landesinneren, nicht am Meer. Außerdem ist man nicht auf eine Barke angewiesen. Sechs Pferde mit einer Barke übersetzen?« Er machte ein nachdenkliches Gesicht. »Das könnte gefährlich werden.«

»Du kennst dich aus?«, fragte Eugen.

»Und ob!«

Buxel mischte sich ein: »Würdest du mitkommen und uns den Weg zeigen? Wir bezahlen dich gut.«

Der junge Mann sah seinen Vater fragend an. Der überlegte nicht lange: »Geh mit, Christian. Bist ja ohnehin in ein paar Tagen wieder da. Vielleicht findest du in Bessarabien eine gute Arbeitsstelle.«

*

Borodino lag an einem Fluss, Es war das erste Dorf, das die vier Reiter in Bessarabien erreichten.

»Das ist die älteste Gemeinde weit und breit«, erklärte Christian. »Mit meinem Vater und meinem Bruder habe ich hier schon zwei Häuser gebaut. Vor ein paar Jahren hieß das Dorf noch Alexander, zu Ehren des Zaren. Aber das Generalgouvernement hat entschieden, dass es Borodino heißen muss, weil die ruhmreichen Schlachten Alexanders gegen Napoleon verewigt werden sollen.«

Er führte seine Reisegenossen zu einem Gehöft, das aus

einem langgezogenen Hauptgebäude, einer Scheune und einem Stall bestand. Vor dem Gebäude war ein Ziehbrunnen.

Kaum ritten sie in den Hof, schon stürmte eine Frau aus dem Haus und begrüßte Christian herzlich, der seine Weggefährten und ihr Anliegen vorstellte. Sie bat die Herren, auf der hölzernen Veranda Platz zu nehmen. Sie selbst bereite gerade in der Sommerküche das Mittagessen zu. Die Sommerküche war vor dem Haus und bestand aus einem Herd, einem Tisch und einer langen Anrichte, alles unter dem vorgezogenen Dach und in Verlängerung der Veranda.

Während sie kochte, fragte sie zunächst Christian aus. Wie es Vater und Bruder gehe. Ob sie genügend Aufträge hätten. »Ihr habt bei uns gute Arbeit geleistet«, lobte sie den jungen Mann.

Dann, an die drei Fremden gewandt, erzählte sie: »Eigentlich stammen wir aus dem Schwabenland. Vor zwanzig Jahren sind wir nach Preußen, an die polnische Grenze. Dann folgten wir dem Ruf des Zaren. Er wollte selbstständige Bauern mit handwerklichen Nebenberufen, die für seine russischen Bauern als Vorbild dienen könnten. Wir haben es nicht bereut.«

Der Bauer trat aus dem Haus. Er hatte Fremde auf der Veranda reden hören. Christian, den er kannte, begrüßte er zuerst. Der stellte ihm seine drei Begleiter vor.

»Stimmt es, was deine Frau sagt?«, wollte Eugen wissen.

»Was hat sie denn gesagt?«

»Dass ihr es nicht bereut, hier zu leben.«

»Gott bewahre«, sagte der Bauer. »Ich arbeite als Zimmermann und Bauer, und keine Zunftordnung redet mir hinein und kommandiert mich herum. Jetzt haben wir freie Religion, keinen Militärdienst, zehn Jahre Steuerfreiheit und sechzig Dessjatinen Land als erbliches Eigentum. Viermal mehr als in Preußen! Dazu zweihundertsiebzig Rubel Kredit, zinslos auf zehn Jahre, und fünf Kopeken pro Tag und Person bis zur ersten Ernte. Außerdem auf Vorschuss zwei Ochsen, eine Kuh, einen Wagen, einen Pflug, Werkzeug und kleinere Geräte sowie Saatgut und Material für den Hausbau. Mehr braucht man nicht für den Anfang. Allein von meiner Arbeit als Zimmermann könnten wir leben. Dazu das, was ich als Bauer verdiene. Was will man mehr? Sogar Missernten tun mir nicht weh, weil ich immer genug Aufträge als Zimmermann habe. Wer es hier nicht schafft, der schafft es nirgendwo. Wir sind im gelobten Land angekommen!«

»War's anfangs auch eitel Sonnenschein?«, fragte Magister Hofmann.

»Wir haben hier einen sehr guten, schwarzen Boden, aber auf das extreme Wetter mussten wir uns in den ersten Jahren erst einstellen. Winters dreißig Grad und sommers manchmal vierzig Grad sind keine Seltenheit. Und dann der geringe Niederschlag. Mit Missernten durch Trockenheit, Heuschrecken und Seuchen muss man immer rechnen. Dafür braucht's hier auf Jahre hinaus keine Düngung. Zur Erholung des Bodens setzen wir jedes dritte Jahr den Getreideanbau auf bestimmten Feldern aus und säen Erbsen, Kartoffeln, Rüben und Mais.«

Seine Frau ergänzte: »Den Mist fahren wir nicht aufs Feld. Wir trocknen ihn in der Sonne und nehmen ihn zum Heizen. Das spart viel Holz.«

»Aber«, betonte der Bauer, »viel, viel Arbeit ist das schon. Wir pflügen mit einem hölzernen Pflug, der eine eiserne Schar hat. Wir säen mit der Hand. Wir eggen mit einer hölzernen Egge. Wir mähen mit Sicheln oder Sensen und dreschen mit Dreschflegeln oder lassen das Getreide von Pferden austreten. Das macht viel Schweiß und schwielige Hände.«

Christian war stolz auf die Holzgebäude, an denen er maßgeblich mitgearbeitet hatte. Darum führte der Bauer die Gäste durchs Haus, und Christian erklärte, worauf es beim Holzbau ankommt.

Wieder zurück auf der Veranda aßen sie zu Mittag. »Fleisch gibt's nur am Sonntag«, sagte die Bäuerin und servierte Strudeln mit Bratkartoffeln, Salzgurken und eingelegten Tomaten. Und der Bauer schenkte von seinem eigenen Wein ein.

Bevor die vier weiterritten, schloss Buxel einen Vorvertrag ab.

*

Die nächste Gemeinde südlich von Borodino war Beresina, auf Befehl des Generalgouvernements so benannt zur Erinnerung an den Sieg gegen Napoleon bei der Beresina, einem Nebenfluss des Dnjepr. Das Dorf war quadratisch angelegt und hatte drei breite Längs- und sechs schmälere Querstraßen.

Christian erinnerte sich, dass die meisten Siedler aus Württemberg stammten, nur wenige aus Polen. Wieder führte er seine Begleiter zu einem Hof, den er mit Vater und Bruder errichtet hatte. Es war ein Weingut. Winzer Häussermann stammte aus Tübingen.

Magister Hofmann war den Tränen nahe, als er dem Weinbauern auseinandersetzte, auch er komme aus Tübingen, lebe aber schon lange in Russland.

Die Bäuerin lief herbei und umarmte den Magister. »Willkommen daheim in der Fremde«, sagte sie zu ihm und wischte sich die Augen aus. »Wir waren schon in Tübingen Winzer, aber dort sind die Trauben oft sauer und hart. Hier ist der Ertrag reich gesegnet. Wart Ihr auch Weinbauer, fremder Herr?«

»Ich habe in Tübingen Philosophie und Theologie studiert«, bekannte Hofmann. »Darum wurde ich in Odessa Hauslehrer. Ich begleite nur die anderen Herren.«

»Für den Weinbau ist die Gegend ideal«, sagte der Bauer. »Die Reben brauchen ja nicht so viel Regen wie die Getreidefelder. Vom Frühjahr bis zur Lese regnet es vielleicht fünfmal. Und doch ist der Ertrag auch beim Getreide und beim Obst recht gut. Der große Akazienwald im Norden sorgt für genug Feuchtigkeit auf den umliegenden Feldern. Jeder Weinbauer hat ein paar Stück Vieh im Stall. Damit hat man immer Milch und Fleisch im Haus und muss nichts zukaufen.«

Sie plauderten bis in die Nacht hinein beim selbstgekelterten Wein über Tübingen, die ehrwürdige Universität, die vielen Studenten, den Tübinger Wein und das neue Leben in Bessarabien. Bis der Winzer sagte: »Jetzt könnt ihr nicht mehr weiter, meine Herren. Ich schlage vor, ihr bleibt über Nacht bei uns. Wir vespern noch ein bisschen, trinken Wein und genießen den schönen Abend.«

»Ja, bleibt doch!«, bat auch die Bäuerin. »Bei uns ist es einsam. Und Besuch haben wir so gut wie gar nie.«

So saßen sie bis gegen Mitternacht zusammen und ließen den Wein und die neue Heimat hochleben.

Am anderen Morgen brachen die vier schon früh auf und nahmen sich zugleich vor, in keinem der nächsten Orte länger zu verweilen. »Sonst kommen wir erst an Weihnachten heim«, ermahnte Eugen seine Reisegenossen.

Häussermann lud sie ein, auf dem Rückweg wieder bei ihm zu übernachten.

»Vielleicht heute Abend schon«, meinte Buxel, »ansonsten morgen Abend.«

In Tarutino, benannt nach der siegreichen Schlacht Alexanders über die Franzosen bei Tarutino nahe Moskau, lebten vor allem Siedler aus Norddeutschland.

Die Wohnhäuser im Ort standen rechtwinklig zur Straße. Vor jedem Haus war ein Zaun, dahinter Blumen- und Gemüsebeete. In jedem Haus gab es drei bis sechs Zimmer, je nach Größe der Familie, und vor dem Haus eine Veranda und eine Sommerküche. Vom Haus ging es direkt in den Stall, an den sich die Scheune anschloss, meist im rechten Winkel dazu, sodass ein Innenhof entstand. Der Dachboden diente als Getreidespeicher. Auf jedem Hof war ein Kellerloch, in dem man Gemüse und Milch aufbewahrte.

Im Ort wurde von den meisten Leuten plattdeutsch

gesprochen. Nur wenige Familien stammten aus Württemberg. Die vier Reiter schwankten hoch zu Ross die Dorfstraße entlang. Sie konnten sich nur mit Mühe verständlich machen. Endlich gerieten sie an ein Mädchen, das verstand, was sie suchten. Sie zeigte ihnen das nächste Anwesen eines Württembergers.

Als sie in den Hof des schwäbischen Bauern trabten, war dort der Hausherr gerade ins Gespräch mit einem Schwarzgekleideten vertieft. Sie stellten sich und ihr Anliegen vor und erfuhren, dass der Schwarzgekleidete der protestantische Prediger Friedrich Schnabel war.

Der Bauer bat den Pastor und die Fremden auf seine Veranda und bot ihnen Most und Wein an.

»Wenn Sie auf Reisen sind, Herr Pastor, wie halten Sie dann Ihre Schäfchen im Zaum?«, wollte Eugen wissen.

Pastor Schnabel war ein fideler Mensch, er lachte gern und nahm die Welt mit Humor. Er grinste: »Ganz einfach! Alle drei Jahre kommen die Männer eines Dorfes zusammen und wählen einen Schulzen und zwei Beisitzer. Schulz und Beisitzer müssen dafür sorgen, dass sich alle an Gottes Wort halten und fleißig sind. Faule, lasterhafte und ungehorsame Dorfbewohner belegen sie mit Geldstrafen. Schwerere Vergehen melden sie mir. Dann kann's schon mal ein paar Maulschellen oder eine Tracht Prügel setzen.«

Im Gegenzug fragte er nun die vier Reiter aus: Woher des Wegs? Wohin soll die Reise gehen? Warum, um Himmels willen, der mühsame Ritt durch die Steppe?

Buxel legte das Empfehlungsschreiben des Generalgouverneurs vor. Schnabel las es und war beeindruckt.

»Wenn das so ist, meine Herren, dann will ich gerne tun, was in meiner Macht steht, um Ihr Anliegen zu befördern«, sagte er. »Geben Sie mir bitte Ihre Adresse. Ich schreibe Ihnen, welcher Bauer wie viel Getreide, Tabak und Mais voraussichtlich zu verkaufen hat.«

Der Bauer holte Tinte, Federkiel und ein Stück Papier. Und Buxel notierte seinen Namen und seine Anschrift.

»Buxel?«, fragte der Pastor und musterte den Verwalter aufmerksam. »Das klingt aber sehr nach Schweiz.«

»Ich bin ja auch aus der Schweiz. Aus der Gegend um den Neuenburger See.«

»Und ich bin aus Vevey am Genfer See. Dann sind wir ja Landsleute. Prost, Monsieur Buxel!«

Sie tranken auf das Wohl ihrer Heimat und tauschten allerlei Neuigkeiten aus. Auch Schnabel hatte schon gehört, dass der Schweiz eine Hungersnot drohte. Mit Rührung nahm er zur Kenntnis, dass die vier genau aus diesem Grund Getreidelieferanten suchten. Auf Befehl des Zaren wolle der Generalgouverneur so viel Getreide wie möglich nach Württemberg, Baden und in die Schweiz schaffen lassen.«

»Das ist recht, meine Herren. Ein zutiefst christliches Ansinnen.« Der Pastor nahm einen großen Schluck Wein aus seinem Glas. »Wie sind Sie nach Neurussland gekommen?«, wollte er von Buxel wissen.

»Ich habe zuhause in der Schweiz einen Hof mit Feldern und Weinbergen. Dann hat mich die russische Regierung als landwirtschaftlichen Berater angeworben. Und vor acht Jahren hat mich die Fürstin Samarow überredet, ihre Güter zu verwalten.«

Buxel stellte seine Begleiter vor: Ewgenij sei in Odessa ein bekannter russischer Künstler, der sehr gut deutsch spreche. Wilhelm habe in Tübingen Philosophie und Theologie studiert und sei auch in Diensten der Fürstin Samarow. Und Christian sei Zimmermann aus dem Distrikt Großliebenthal. Er habe hier in Bessarabien schon einige Häuser, Ställe und Scheunen gebaut und sei deshalb mit der Gegend vertraut. Er zeige ihnen den Weg und kenne den einen oder anderen Siedler.

»Und ich halte hier in Tarutino Gottesdienste ab und betreue zugleich alle Dörfer in Bessarabien. Ich bin im Auftrag der Basler Mission in der Weltgeschichte unterwegs.« Schnabel lachte. »Zuerst war ich auf der Krim und habe dort den Kolonisten aus der Schweiz das Wort des Herrn verkündet. Dann wurde ich für ein paar Jahre Militärpfarrer in Smolensk, bis es mich auf Bitte des Generalgouvernements hierher verschlagen hat.«

Buxel erklärte, es sei ihre erste Erkundungstour. Sie seien in Eile und wollten heute Abend wieder bei Winzer Häussermann in Beresina übernachten. Er bat Schnabel um die günstigste Route, wenn man sich noch einige Dörfer anschauen wolle.

Der Pastor empfahl, über Wittenberg, Teplitz, Arzis und Klöstitz zu reiten. Am Nachmittag fahre er mit Pferd und Kalesche nach Beresina. Dann träfen sie sich am Abend beim Häussermann und könnten über Gott und die Welt quatschen, bis die Köpfe rauchten.

Eugen lachte. »Ein feiner Kerl«, sagte er zum Magister, der ihm sofort zustimmte.

Also beluden sie wieder ihre Begleitpferde und saßen auf.

*

Nach einer Stunde erreichten sie Wittenberg. Ein Bauer am Ortsrand erzählte: Unter Führung russischer Beamter seien hundertzwanzig Familien vor ein paar Jahren hier gelandet. Schwäbische Bauern und Handwerker, die wegen der napoleonischen Kriege nach Polen ausgewandert und dann dem Ruf des Zaren gefolgt seien. Zu beiden Seiten eines Baches haben sie ihre Häuser und Straßen entlang von zwei Längs- und zwei Querstraßen gebaut. Jede Familie habe sechzig Dessjatinen Land erhalten, dazu Baugeld und ein Darlehen über dreihundertzwanzig Rubel. Außerdem monatlich etwas Getreide, Kartoffeln und Mehl. Die ersten drei Ernten seien gut gewesen. Und gegenwärtig stünden die Weizenfelder prächtig da.

Ganz anders war Teplitz, eine Gemeinde, die erst im Entstehen war. Überall herrschte ein heilloses Durcheinander. Die meisten Siedler schienen mit dem Hausbau beschäftigt zu sein, allerdings gingen sie nicht sehr zielstrebig zu Werke. Sie gehörten nicht zu den von Zar Alexander gerufenen Kolonisten, sondern waren Chiliasten aus Württemberg, religiöse Eiferer, die sich selbst *Harmonisten* nannten. Sie warteten auf das irdische Paradies, an das sich das letzte Gericht anschließen würde. Eigentlich wollten sie in den Kaukasus, wo nach ihrer Lehre Christus schon bald sein tausendjähriges Friedensreich errichten würde. In der vierzigtägigen Quarantäne an der Grenze zu Russland starben jedoch viele an Typhus. Darum nahmen sie in ihrer Verzweiflung das Angebot des Generalgouvernements an und siedelten hier in der Hoffnung, schon bald weiterziehen zu können.

»Hier stören wir nur«, fasste Eugen seine Eindrücke zusammen und gab seinem Pferd die Sporen. »Nichts wie weg!«

Die vier Männer wandten sich wieder nach Norden, wie vom Pastor empfohlen, und erreichten Arzis, auf behördliche Anordnung benannt nach dem Sieg über Napoleon bei Arcis, einem Flecken östlich von Paris. Auch hier standen die Kolonisten, allesamt Württemberger, vor der riesigen Herausforderung, so schnell wie möglich eine Gemeinde aufzubauen. Sie waren vor den Kriegen in der Heimat nach Polen ausgewichen und dann den Werbern des Zaren gefolgt. Sie lebten ausnahmslos noch in Hütten aus Lehm und Strohgeflecht und waren gerade dabei, die Steppe urbar zu machen.

Sie ritten weiter nach Norden und erreichten Klöstitz. »Mannshohes Steppengras war hier, als wir ankamen, und in der Nacht heulten die Wölfe«, erzählte ein Bauer, den sie am Ortsrand ansprachen. Die rund hundert meist katholischen Familien hätten einige Jahre in Polen gesiedelt, bevor sie nach Bessarabien weitergezogen seien. In der Not sei das Dorf rasch zusammengewachsen. Manche Klöstitzer wohnten schon in Holzhäusern, andere hausten noch in Lehmhütten. Mit Spaten und Holzpflug habe man die ersten Felder der Steppe abgerungen. Glücklicherweise hätten die Obstbäume und

Rebflächen raschen Ertrag gebracht. Doch an den Verkauf von Getreide sei leider noch nicht zu denken.

Am Abend kamen sie wieder in Beresina an. Die Winzerfamilie Häussermann und Pastor Schnabel erwarteten sie schon.

Auf der Veranda setzten sie sich zusammen und erzählten.

»Na, wie war's meine Herren?«, fragte Schnabel.

»Sehr ernüchternd«, meinte Buxel. »In den Dörfern südlich von hier kämpfen die Leute noch mit den Widrigkeiten des Bodens und des Klimas. Sie haben gerade genug zum täglichen Leben, aber an Getreidelieferungen ist derzeit noch nicht zu denken.«

Der Pastor lachte. »So ist es, meine Herren! Das muss man selbst gesehen haben, sonst glaubt man es nicht! Ich bin mir jedoch ganz sicher, dass es in ein paar Jahren anders sein wird. Der Boden ist gut, sehr gut sogar. Da braucht's noch lange keinen Mist. Die Leute machen gerade ihre Erfahrungen. Die ersten haben schon die richtigen Schlüsse gezogen und ertragreiche Pflanzsorten gefunden, die zum Land und zum Wetter passen. Man muss Obstbäume, Getreidesorten und Weinreben pflanzen, die das warme, trockene Klima vertragen. Kommt Zeit, kommt Rat. Und dann bleibt der Erfolg nicht aus. Kommt in fünf Jahren wieder. Ihr werdet blühende Landschaften und Dörfer antreffen.«

Eugen mochte den Pastor, eine richtige Frohnatur, allerdings auch eine Plaudertasche, der mit seinem Charme gewiss viele Leute um den Finger wickeln und manche Probleme erledigen konnte. Schnabel wirkte sehr jugendlich, obwohl er, gemessen an seiner Biografie, gewiss schon in seinen Fünfzigern sein musste.

Pastor Schnabel sagte seine Meinung geradeheraus. Zar Alexander habe der Schweiz zur Neutralität verholfen und den Polen eine moderne Verfassung gebracht. »Ich schätze ihn sehr. Er ist der einflussreichste und meistgeachtete Herrscher dieser Tage«, fasste er sein Loblied zusammen. »Ohne ihn wäre der Kongress in Wien und damit die Neuordnung Europas nicht möglich gewesen. Er hat die Interessen der Monarchen zusammengeführt und Streit geschlichtet. Letztlich ist es ihm zu verdanken, dass Napoleon endgültig besiegt werden konnte. Kein Wunder, feiern ihn die Völker Europas als Friedensfürst.«

Buxel lenkte das Gespräch wieder auf den Zweck seiner Reise zurück. »Ich glaube, derzeit können wir nur wenig Getreide aus Bessarabien erwarten, dafür umso mehr aus dem Distrikt Großliebenthal.«

»Gewiss! Doch wie ich schon sagte, wird es bald anders sein«, erwiderte der Pastor. »Im Auftrag der russischen Regierung sind gerade viele Werber in der Schweiz unterwegs. Wenn sie gute Arbeit leisten, dann haben wir demnächst auf der bessarabischen Seite des Limans sogar ein Schweizerdorf. Schaut in ein paar Jahren wieder vorbei. Der vorgesehene Ort liegt südlich der uralten Festung Akkermann. Dort ist der Boden besonders fruchtbar für Gemüse-, Obst- und insbesondere Weinbau. Auch genug Weideland fürs Vieh ist da und endlose Flächen für Mais-, Getreide- und Tabakanbau. Ich hab's mir schon angeschaut, als ich mit einer Barke über den Liman übergesetzt worden bin.«

»Warum kommen eigentlich hauptsächlich Deutsche und Schweizer nach Neurussland? Warum keine Franzosen, Italiener und Engländer?«, fragte Eugen irritiert.

»Die russischen Aufforderungen zu Auswanderung ins Schwarzmeergebiet wurden in ganz Europa verbreitet. Die meisten Staaten haben jedoch die Abwerbung ihrer Untertanen verboten. Nicht so die deutschen Fürstentümer und die Schweiz.«

Eugen fragte weiter: »Die Dörfer, die wir gesehen haben, sind durchnummeriert. Steckt da ein Plan dahinter?«

Schnabel wusste Bescheid: »Aber ja! Im Auftrag der Zarin Katharina hat Graf Grigorij Orlow einen Ansiedlungsplan erarbeitet und den Militäringenieur Ivan Reis beauftragt, das Gebiet zu kartieren. Vierundzwanzig Landvermesser haben dann ein Wegenetz entworfen, Dorfmarkungen abgesteckt und die Markungen durchnummeriert. Die russische Regierung hat Nägel mit Köpfen gemacht und nichts dem Zufall überlassen. Das war ganze Arbeit! Ein Vorbild für die ganze Welt! Die Verwaltungen haben seitdem genaue Vorgaben und sind auf neuankommende Siedler gut vorbereitet.«

Bevor sie sich schlafen legten, versicherten sie sich ihrer Freundschaft. Buxel lud Pastor Schnabel und das Ehepaar Häussermann nach Odessa ein. Gerne würde er ihnen diese herrliche Stadt am Meer zeigen, die jetzt schon bedeutend sei und der eine große Zukunft bevorstehe.

Als die vier in der Scheune im Stroh lagen, schlug Eugen vor, Christian solle doch bitte nach Odessa mitkommen. Sie würden auf dem Heimweg über Großliebenthal reiten und die Eltern um Zustimmung bitten.

Württemberg

Wieder zuhause bekam Eugen überraschenden Besuch von Alexeij Grigorij Kuznetsow. Er habe den ehrenvollen Auftrag gehabt, berichtete er, das württembergische Thronfolgerpaar von St. Petersburg nach Stuttgart zu begleiten. Zwar reisten der Kronprinz und seine gerade angetraute Gattin samt Entourage in Schnellkaleschen und nicht mit einem Militärtrain. Aber zur persönlichen Sicherheit und logistischen Überwachung der Reise mussten zehn Soldaten und vier erfahrene Trainoffiziere das Paar begleiten, auch er. Gerade sei er in jener Kaserne untergebracht, in der sie im letzten Herbst ihre Einreiseformalitäten erledigen mussten. Er warte auf neue Befehle.

»Wie hat es dir in Stuttgart gefallen?«, fragte Eugen.

»Es war scheußlich!«

Eugen schüttelte unwirsch den Kopf. Doch Kuznetsow hob beschwichtigend die Hand und entgegnete: »Die Stadt ist ganz schön. Es wird viel gebaut, wie in Odessa. Aber das Elend ist unbeschreiblich. Es herrscht eine große Teuerung und eine unglaubliche Hungersnot. Ich habe es mit eigenen Augen gesehen.«

Bevor Eugen fragen konnte, schilderte Kuznetsow seine Eindrücke: »Die Leute hungern. Sie kochen Gras, Heu und Klee, Brennnesseln, Disteln, Moos und Rübenblätter. Sie fangen Schnecken, Katzen und Hunde, kochen und essen sie. Sie mischen Baumrinde, Stroh und

Kleie ins Brot. Die Menschen sind so schwach, dass es kaum zu beschreiben ist. Viel Vieh ist eingegangen oder wurde wegen des Futtermangels notgeschlachtet. Getreide kann man kaum noch zu bezahlen.«

Eugen sah seinen Freund erstaunt an. »Ja, sind denn unsere Getreidelieferungen noch nicht angekommen?«

»Nicht, solange ich in Stuttgart war.« Kuznetsow hob beide Hände, als wolle er sich rechtfertigen. »Der Warentransport war wegen des schlechten Wetters zeitweise unterbrochen. Der Rhein hatte Hochwasser und war für einige Wochen nicht schiffbar. Auch der Neckar führte Hochwasser.«

»Das tut mir schrecklich leid.«

»Dafür kannst du nichts, mein Freund. Doch leider war es so, dass viele Stuttgarter nichts zu nagen und zu beißen hatten. Sie besaßen auch nicht genügend Geld, um sich die überteuerten Lebensmittel leisten zu können. Brot, Mehl, Kartoffeln und Bohnen kosteten auf dem Markt viermal mehr als im Jahr zuvor, berichteten Frauen, mit denen ich sprach. Nichts wie fort, sagen sich die Leute und wandern aus, mit gültigen Papieren oder auch ohne.«

»Dann wollen wir Lord Snowhill einen kurzen Besuch abstatten«, sagte Eugen. »Kommst du mit? Danach gibt's Mittagessen. Bestimmt will die Fürstin deinen Reisebericht hören.«

Sie eilten in Snowhills Büro am Hafen. Mylord wusste von den Verzögerungen auf dem Transportweg. Die ersten Lieferungen seien aber inzwischen angekommen. Täglich lasse er ein Schiff mit Getreide für Baden, Württemberg und die Schweiz beladen. In den Niederlanden werde die Fracht auf Lastkähne verladen und auf Rhein und Necker weiterbefördert.

»Das Geschäft brummt«, berichtete Snowhill stolz. »Buxel ist Gold wert. Und seit ihm dieser junge Zimmermann aus Großliebenthal zur Seite steht, geht alles noch schneller. Gewiss haben Sie schon gehört, Durchlaucht, dass wir einen Speicher in der Innenstadt nahe dem Dom erwerben konnten und der erste Holzspeicher in den nächsten Tagen fertig wird. Ich kaufe an Getreide auf, was ich kriegen kann.«

Beim Mittagessen fragte die Fürstin viel. Sie wollte von Kuznetsow alles über das künftige Herrscherpaar von Württemberg wissen.

»Nein, Durchlaucht«, sagte Kuznetsow, »den künftigen König von Württemberg und seine Gattin habe ich kein einziges Mal gesprochen, aber jeden Tag gesehen. Sie müssen sich vorstellen, dass wir mit über sechzig Kaleschen unterwegs waren, eine hinter der anderen. In der Mitte der Wagen des Paares. Voraus ritten fünf Soldaten und ein Offizier. Und ich bildete mit fünf Soldaten die Nachhut, auch wir hoch zu Ross.«

Eugen wandte sich an seine Großmutter: »Kennst du die neue Königin von Württemberg?«

»Ich kenne beide, Mutter und Tochter. Ihre Mutter, die Zarin Maria Fjodorowna, habe ich auf einem Ball in St. Petersburg kennengelernt. Sie lebt ja noch. Sie kam als Prinzessin Sophia Dorothea aus Württemberg, heiratete unseren Thronfolger und wurde Zarin, als ihr Mann Paul den Thron bestieg. Mit ihrer Tochter Katharina habe ich mehrmals gesprochen. Sie ist eine kluge junge Frau, spricht Englisch, Französisch und Deutsch fließend. Und ich kenne ihren Leibarzt, Doktor Friedrich August Bach aus Jena. Er hat mir gesagt, die junge Großfürstin könne reiten wie ein Rittmeister, lese bis gegen Mitternacht in Goethes und Schillers Werken, schlafe auf einem kleinen, schmalen Sofa und stehe um fünf wieder auf.«

Die Fürstin sah ihren Enkel schalkhaft an, als sie hinzufügte: »Und sie könne hervorragend zeichnen, sagte mir Doktor Bach. Das wäre eine Frau für dich gewesen, mein Liebling.«

Eugen errötete und entgegnete schnell, um von sich abzulenken: »Dann hat Ihre Kaiserliche Hoheit in die eigene Verwandtschaft hineingeheiratet?«

»Ja, ihr Mann ist ihr Cousin.«

»Alexeij hat mir vorhin erzählt, dass die reiche Großfürstin Katharina vielleicht schon bald Königin eines armen Landes wird.«

»Davon weiß ich nichts. Darf ich Näheres hören?«, wandte sich die Fürstin an den Offizier.

Kuznetsow schilderte, wie die Wagenkolonne mit großem Pomp in Stuttgart einfuhr: »Das neu vermählte Paar wurde vor dem Neuen Schloss mit einer feierlichen Zeremonie begrüßt. Alle Kirchenglocken läuteten. Kanonen schossen den Ehrensalut. Im Schloss erwarteten König Friedrich und seine Gemahlin Ihre kaiserliche Hoheit und Seine königliche Hoheit, den Thronfolger. Nach vier Ruhetagen fand eine viertägige Große Gala mit Hofball, Konzert und etlichen Festdiners statt. Was die Ankommenden nicht sehen konnten, weil württembergische Soldaten den Schlossplatz abriegelten: Auf den Straßen liefen Kinder in zerlumpten Kleidern umher und bettelten vergebens vor den Haustüren um Brot. Württemberg war noch nie reich, aber jetzt ist es bettelarm. Die Hungersnot treibt die Leute aus dem Land.«

Die Fürstin hörte aufmerksam zu, dachte kurz nach und meinte dann: »Zarin Maria Fjodorowna engagierte sich in der staatlichen Wohlfahrt. Sie unterstützte Hospitäler, Armenküchen, Waisenhäuser und andere Einrichtungen für Notleidende. Ihr Mann, der Zar, stellte ihr dafür jährlich eine Million Rubel zur Verfügung. Sie hat ihre Tochter zur Armenfürsorge erzogen. Also kann Katharina das Gelernte in Stuttgart gleich in die Tat umsetzen.«

Eugen staunte. Bisher hatte er die Fürstin als zurückgezogen lebende Frau erlebt. Dass sie so viel über die Zarenfamilie wusste, überraschte ihn.

Als könne sie die Gedanken ihres Enkels lesen, ergänzte die Fürstin: »Wie ich gehört habe, war Katharina vor vier, fünf Jahren schon einmal in Stuttgart. Sie kam von Weimar, wo sie Goethe besuchte, traf in Frankfurt am Main ihren Bruder Zar Alexander, der dort sein neues Hauptquartier aufgeschlagen hatte, und reiste über Stuttgart und Schaffhausen nach Wien. Weil sie sich sehr für Literatur interessierte, besichtigte sie in Stuttgart die öffentliche Bibliothek und traf auch ihren späteren Mann.« Die Fürstin lachte: »Aber da hat's noch nicht zwischen den beiden gefunkt.«

»Verzeihen Sie, Durchlaucht«, sagte Kuznetsow, »wenn

ich bescheiden anfüge, dass die künftige Königin von Württemberg mehrere Persönlichkeiten von St. Petersburg nach Stuttgart mitgenommen hat. Zum Beispiel ihren Privatsekretär, Gerhard von Buschmann, und Staatsrat von Born, ihren persönlichen Bibliothekar. Ihm war sie besonders zugetan, weil sie sich mit ihm über Literatur unterhalten konnte. Seinetwegen musste ich längere Zeit in Stuttgart bleiben und ihm helfen, die Bibliothek nach den Vorstellungen der künftigen Monarchin umzugestalten. Fast täglich hat sie uns besucht und sich nach den Fortschritten erkundigt. So habe ich sie ein bisschen kennen und schätzen gelernt. Eine kluge, sehr belesene Frau, die genau weiß, was sie will. Übrigens fällt mir gerade ein, dass sie öfter in Begleitung ihres Hoffräuleins war, einer Comtesse de Châtillon. Neunzehn Jahre alt, bildhübsch, liebreizend und sehr gebildet. Außer Französisch spricht sie auch fließend Russisch und Deutsch.«

Kuznetsow wandte sich lachend an Eugen: »Das wäre die ideale Frau für dich, Ewgenij.«

Eugen sah, dass die Fürstin die Stirn runzelte, darum verkniff er sich eine Antwort.

Die Fürstin interessierte sich für weitere Details. »Und wo hat das Thronfolgerpaar in Stuttgart residiert?«

»Als ich dort war«, antwortete Kuznetsow, »hatten sie ihre Residenz im Palais Hohenheim, nicht weit vom Schloss entfernt. Sie weilte oft im Landhaus Bellevue, das der königliche Schwiegervater ihr bei Ankunft in Stuttgart geschenkt hatte. Ihre Hoheit liebt das Neckarufer und geht dort gern mit ihrem Bibliothekar spazieren. Und in Scharnhausen, ganz in der Nähe von Stuttgart, ist das königliche Gestüt. Vor allem Araberpferde werden dort gezüchtet. Ihre Hoheit liebt die langen Ausritte. Als ich abreiste, brach das Kronprinzenpaar nach Oberschwaben südlich von Stuttgart auf. Sie wollten Land und Leute kennenlernen. Ich vermute, unterwegs hat Ihre kaiserliche Hoheit zum ersten Mal gesehen, wie groß die Hungersnot wirklich ist.«

*

Es gibt keine Zufälle, dachte Eugen, als am nächsten Tag hoher Besuch angekündigt wurde. Generalgouverneur Graf Langéron möchte Fürstin Samarow und ihrem berühmten Enkel seine Aufwartung machen, kündigte ein Bote an.

Die Fürstin beschied, dass sie den hohen Herrn über alle Maßen zu schätzen wisse und ihn um vier Uhr zum Tee erwarte.

Eugen war beunruhigt. Er suchte Magister Hofmann in dessen Arbeitszimmer auf und fragte ihn, was Langéron zu dem Besuch veranlassen könnte.

»Das gehört sich doch wohl«, sagte Hofmann. »Wird höchste Zeit, dass er sich mit der Fürstin ausspricht, beruhen doch deine und seine finanziellen Transaktionen auf ihrem Vermögen. Zum Teil wenigstens. Oder irre ich mich?«

»Stimmt!«, bekannte Eugen. »Das könnte es sein.«

Und so kam es auch. Langéron brachte Blumen und eine kostbare Vase als Gastgeschenk für die Fürstin mit.

Und sie revanchierte sich mit einem üppigen Nachmittagstee mit allerlei Köstlichkeiten, die teils Larissa selbst hergestellt, teils Magister Hofmann in den vornehmsten Konditoreien der Stadt besorgt hatte. Die Tafel war festlich dekoriert.

Sie tranken schwarzen Tee. Sie probierten die Köstlichkeiten. Sie tauschten Artigkeiten aus. Bis Langéron die gemeinsamen wirtschaftlichen und finanziellen Unternehmungen aufzählte. Die Gold- und Kupfermine im Ural. Der Kauf und Bau von Getreidespeichern. Die Ansiedlung einer Leinenweberei, die demnächst verwirklicht werde. Und die ertragreichen Getreideausfuhren, zum Segen Süddeutschlands und der Schweiz.

Zu jedem Punkt nickte die Fürstin. Schließlich meinte sie lächelnd: »Geld muss arbeiten. Was ist daran besonders, meine Herren? Geldverdienen ist doch keine Schande.«

Langéron erwiderte ihr Lächeln. »Dann sind wir uns ja einig. Was wir uns vorgenommen haben, ist auf einem guten Weg.«

»Nicht ganz«, wandte Eugen ein. »Ich habe mein Versprechen, eine Kunstschule aufzubauen, noch nicht eingelöst. Aber demnächst will ich es in die Tat umsetzen.«

»Bravo, mein Junge«, pflichtete ihm die Fürstin bei. »Du bist ein großer Künstler.«

In Langérons Gesicht arbeitete es, bis er schließlich mit der Wahrheit herausrückte: »Ich fürchte, mein lieber Ewgenij, du wirst hier in Odessa keine Kunstschule eröffnen können. Zumindest vorerst nicht.«

Eugen war bestürzt, und die Fürstin sah ihren Gast stirnrunzelnd an: »Was soll das bedeuten, Exzellenz?«

Langéron warf der Gastgeberin einen betrübten Blick zu. »Seine Allerhöchste Majestät ist um das Wohl seiner Schwester Katharina besorgt. Bekanntlich hat sie den Thronfolger von Württemberg geheiratet und lebt jetzt in Stuttgart. Dort aber herrscht gerade eine beispiellose Hungersnot. Das bereitet seiner Allerhöchsten Majestät großen Kummer, zumal der Zar die Hochzeit seiner Lieblingsschwester anfangs nicht gutgeheißen hat. Aber wo die Liebe hinfällt …« Eine resignierende Geste. Langéron hielt inne.

Die Fürstin, Eugen und Magister Hofmann konnten sich keinen Reim auf das Gehörte machen. Endlich ließ Langéron die Katze aus dem Sack: »Kurz und gut! Du, mein lieber Ewgenij, sollst nach Stuttgart reisen.«

»Wie komme ich dazu?«

»Du sprichst die Landessprache. Du kennst dich ein bisschen in Württemberg aus. Du bist ein kunstsinniger Mensch, was Großfürstin Katharina sehr schätzt. Und, nicht zuletzt, du weißt, wie es hier in Odessa zugeht und könntest die Getreidelieferungen von Stuttgart aus besser mit Lord Snowhill und Buxel abstimmen.«

Eugen schüttelte den Kopf. Er war beunruhigt.

»Du kannst uns mit Informationen versorgen und vielleicht sogar der designierten Königin bei der Bewältigung der Hungersnot zur Hand gehen.«

Eugen schwieg irritiert. Die Fürstin erbleichte. Nur Magister Hofmann blieb ganz ruhig.

Langéron holte tief Luft, schlug die Augen nieder und sagte leise: »Da ist noch etwas, lieber Ewgenij. Meine Schwester, verheiratete Comtesse de Châtillon, hat ein reizendes Töchterlein. Ich bin der Patenonkel. Sie heißt Marie Claire und ist Hoffräulein bei der künftigen Königin Katharina. Wie wäre es, wenn du sie heiratest? Sie ist neunzehn, gebildet, spricht russisch und deutsch. Außerdem bildhübsch. Das sagen alle, die sie gesehen haben.«

Magister Hofmann brach in Lachen aus. Dann wurde er wieder ernst und sah die Fürstin bittend an: »Verzeihen Sie, durchlauchtigste Fürstin, aber ich erkenne einen Wink des Schicksals.« Und an Langéron gewandt: »Erst gestern saß der Trainoffizier Alexeij Grigorij Kuznetsow hier an diesem Tisch. Er hat das württembergische Thronfolgerpaar in höchst offiziellem Auftrag von St. Petersburg nach Stuttgart geleitet und ist anschließend ein paar Wochen lang der künftigen Königin zur Hand gegangen, bevor er hierher zurückgekehrt ist. Er hat in höchsten Tönen von der Comtesse geschwärmt und gemeint, das sei die ideale Frau für unseren Ewgenij.«

»Und wieso soll ich heiraten?«, fragte Eugen und hob die Stimme.

»Weil du mein Freund bist, und ich dein und ihr Bestes will«, sagte Langéron. »In deinem Alter solltest du längst verheiratet sein. Auch die Staatsräson erfordert es. Die internationalen Verflechtungen Russlands mit dem Westen Europas müssen gestärkt werden. Das ist nicht von mir. Das sind die Worte Ihrer Allerhöchsten Majestät. Du solltest dich fügen.«

Die Fürstin schwieg immer noch. Sie musste ihre Gedanken sortieren.

Eugen seufzte: »Ich soll also nach Stuttgart reisen,

deine Nichte heiraten und der künftigen Königin zur Seite stehen? Habe ich das alles richtig verstanden?«

Langéron nickte.

»Und wie stellst du dir das praktisch vor?«

»Nichts leichter als das. Alexeij Grigorij Kuznetsow bringt dich nach Stuttgart. Er kennt sich bestens aus. Und er soll auf allerhöchsten Befehl von Generalfeldmarschall Fürst Wolkonski zunächst bei dir in Stuttgart bleiben und bei allem, was ansteht, dir zur Hand gehen. Der russische Botschafter in Stuttgart hat Weisung, dich und Kuznetsow in jeder Hinsicht zu unterstützen. Er suche bereits nach einem repräsentativen Haus für dich. Der Generalfeldmarschall kenne dich persönlich und zähle auf dich. Es gebe keine bessere Stütze für die künftige Königin in Stuttgart als dich, soll Fürst Wolkonski zu Seiner Allerhöchsten Majestät gesagt haben. Und die habe schon zugestimmt.«

Eugen war fassungslos. »Dann habt ihr hinter meinem Rücken alles schon perfekt gemacht?«

»Bis auf das Wichtigste: deine persönliche Entscheidung!«

»Und wenn ich nein sage?«

»Dann bleibst du in Odessa und kannst deine Kunstschule eröffnen.«

»Und wenn ich ja sage?«

»Dann bist du der Liebling des Zarenhofs und der gesamten russischen Regierung.«

»Und was ist mit meiner Großmutter?«

Die Fürstin, die den Blick gesenkt hatte, hob den Kopf. Der Generalgouverneur sah sie direkt an und sagte: »Sie allein, Durchlaucht, entscheiden, ob Sie hierbleiben oder mit nach Stuttgart reisen wollen. Sollten Sie in Odessa bleiben und Eugen meine Cousine heiraten, dann begleite ich Sie persönlich nach Stuttgart, sobald Ihr erstes Urenkelkind getauft wird. Und Eugen steht es jederzeit frei, ein paar Monate im Jahr in Odessa zu verbringen. Außerdem wollen wir doch hoffen, dass die Hungersnot in Württemberg ein baldiges Ende findet. Dann kann Eugen mit seiner Familie wiederkommen, wann immer er es wünscht.«

*

Das Landhaus Bellevue erreichten Eugen und Kuznetsow zu Pferde. Es lag direkt am Neckar. Vor dem Haus kreuzte eine Fähre den Fluss.

»Ihre Kaiserliche Hoheit erwartet Sie in der Bibliothek«, sagte ein Livrierter, als er ihnen die Haustür des dreigeschossigen Hauses öffnete.

Er führte die Besucher in ein Zimmer im ersten Stock. Sie verneigten sich tief, denn eine junge Dame saß im blauen Seidenkleid auf einem goldbestickten Sessel und sah sie erwartungsvoll an. Auf Russisch rief sie ihnen fröhlich zu: »Treten Sie näher, meine Herren!«

Der Livrierte stellte vor: »Seine Durchlaucht, Fürst Ewgenij Aleksej Samarow.«

Eugen, zwei Papierrollen in der Hand, verbeugte sich erneut, und die Dame in dem Sessel sagte: »Das freut mich außerordentlich, Fürst Samarow, dass Sie meinetwegen die lange Reise gewagt haben. Seien Sie auf das

Herzlichste willkommen. Ihre Ankunft wurde mir brieflich aus St. Petersburg avisiert.«

Der Livrierte räusperte sich und sagte: »Der Herr Offizier Alexeij Grigorij Kuznetsow.«

Auch Eugen verbeugte sich tief. Die Dame lachte ihn an: »Da sind Sie ja wieder, Herr Offizier. Haben Sie sich gut vom Bücherschleppen erholt? Und wie gefällt Ihnen jetzt Ihre Arbeit?« Sie zeigte mit weit ausladender Geste auf die vielen Regale voller Bücher an den Wänden.

»Mein Freund Ewgenij hat mich tagelang pflegen müssen, so hat mich der Rücken geschmerzt.« Kuznetsow lachte. »Verzeihung, Kaiserliche Hoheit, kleiner Scherz. Ich freue mich, Ihnen erneut dienen zu dürfen.«

Sie erwiderte sein Lachen und gab dem Livrierten Order, Tee und Gebäck am Fenstertisch zu servieren. Dann wandte sie sich Eugen zu: »Ich habe läuten hören, Durchlaucht, dass Sie nicht nur meinetwegen gekommen sind.« Sie drohte schelmisch mit dem Finger und grinste Eugen spitzbübisch an. »Vor dem Tee oder nach dem Tee?«

Eugen wurde puterrot und war völlig verwirrt. Sie sah es mit größtem Vergnügen und präzisierte: »Wollen Sie Ihre Überraschung vor oder nach dem Tee?«

Kuznetsow stieß Eugen mit dem Ellbogen in die Seite und machte eine Geste, die besagen sollte: Jetzt schwing die Hufe, mein Freund.

Eugen fasste sich ein Herz und sagte: »Wenn schon, dann bitte gleich.«

»Na also«, grinste die Hoheit. Sie nahm ein Glöckchen von ihrem Beistelltisch und läutete.

Die Tür wurde unsichtbar geöffnet. Herein trat eine

junge Dame im roten Samtkleid. Bildhübsch. Blond. Die Haare am Hinterkopf mit Kämmen zu einem Knoten aufgesteckt und seitlich mit roten Papilloten geschmückt. Sie sah zu Boden.

Eugen blieb vor Staunen der Mund offen. Ihre Hoheit sah es mit breitem Grinsen und deutete mit einer grazilen Handbewegung auf ihn: »Das, meine liebe Comtesse, ist er: Seine Durchlaucht Fürst Ewgenij Aleksej Samarow, Freund Ihres Onkels und Patenonkels, des Herrn Generalgouverneur von Neurussland und Stadtkommandant von Odessa, Graf Alexander Fjodorowitsch Langéron. Wie gefällt er Ihnen? Den jungen Mann meine ich, nicht Ihren Onkel.«

Das Hoffräulein errötete.

Die Hausherrin lachte. »Anschauen müssen Sie ihn aber schon.«

Das Hoffräulein warf einen kurzen, scheuen Blick auf die beiden Gäste.

»Ich hoffe, Durchlaucht, Sie sehen es meiner lieben Comtesse Marie Claire de Châtillon nach, wenn sie noch ein bisschen fremdelt. Aber das wird sich hoffentlich rasch legen.«

Eugen trat einen Schritt vor, verbeugte sich und flüsterte: »Enchanté, Mademoiselle.« Langéron hatte ihm geraten, seine Nichte mit diesen Worten zu begrüßen. Eugen hatte sie notiert und geübt.

Comtesse de Châtillon hob den Blick und sah Eugen jetzt direkt an. Sie war offensichtlich sehr angetan, denn sie lächelte und antwortete auf Deutsch: »Ich freue mich, Durchlaucht, Ihre Bekanntschaft machen zu dürfen.

Mein Onkel hat mir geschrieben. Er schätzt sie außerordentlich. Ein Fürst, der ein großer Künstler ist, sei etwas ganz Besonderes, hat er mir anvertraut.«

Während der Fenstertisch gedeckt wurde, trat Eugen vor und überreichte Ihrer Kaiserlichen Hoheit mit einem tiefen Bückling eine Papierrolle. Sie war mit einem blauen Seidenband zusammengehalten.

Die Hausherrin löste das Band und brach in Entzücken aus: »Mein geliebter Bruder! Das ist ja wunderbar! Wer ist der Künstler?«

Eugen verneigte sich.

»Sie?«

Eugen nickte. »Seine Allerhöchste Majestät hat das erste Exemplar und Sie nun das zweite. Es ist eine Farblithografie. Das ist eine neue, sehr komplizierte Kunsttechnik, die noch kaum bekannt ist.«

»Das interessiert mich sehr, Durchlaucht. Ein andermal wollen Sie es mir bitte genauer erklären.«

Eugen überreichte mit einem artigen Diener der Comtesse die zweite Rolle. »Ich weiß nicht, ob Sie sich an diesen Herren noch erinnern?«

Comtesse Marie Claire entrollte das Bild. Ihre Augen glitzerten, als habe sich eine Träne in ihren Lidern verfangen. Dann zwinkerte sie und strahlte ihn an: »Ich denke, Durchlaucht, das ist mein Onkel. Aber sicher bin ich nicht, denn ich habe ihn etliche Jahre nicht mehr gesehen.«

»Ja, Comtesse. Das ist Ihr Onkel und mein Freund, Generalgouverneur Graf Langéron!«

Die Hausherrin wollte sich gerade erheben, da trat

Kuznetsow einen Schritt vor, verbeugte sich tief und überreichte Ihrer Hoheit ein grünseiden eingebundenes Heft.

Kaiserliche Hoheit öffnete es und las: »*Ueber Kunst und Altertum in den Rhein und Mayn Gegenden. Von Johann Wolfgang von Goethe.*«

Sie hielt das schmale Buch hoch, damit es alle sehen konnten, und meinte: »Ich habe schon viel von Goethe gelesen. Aber das kenne ich nicht.«

»Es ist jüngst erschienen. Ich habe es gleich um die Ecke bei Cotta erstanden«, erklärte Kuznetsow.

Ihre Hoheit dankte, legte das Buch auf den Beistelltisch, stand auf und klatschte in die Hände: »Auch im Namen der Comtesse danke ich Ihnen, meine Herren, für Ihren Besuch und die schönen Geschenke. Jetzt trinken wir Tee. Dann zeige ich Ihnen den gepflegten Garten, der sich hinter dem Haus den Hang hinaufschlängelt. Kommen Sie, Comtesse. Kommen Sie, meine Herren. Es ist angerichtet.«

Wäre Kuznetsow Ihrer Kaiserlichen Hoheit nicht schon früher begegnet, hätte er sich gescheut, am selben Tisch Platz zu nehmen. Doch er kannte inzwischen ihre unkomplizierte und fröhliche Art. Und er wusste, dass sie das steife höfische Protokoll geringschätzte.

*

Eugen ging einen Schritt hinter Ihrer Kaiserlichen Hoheit auf verschlungenen Pfaden den Hang hinauf. Unter ihnen rauschte der Fluss. Links und rechts des Weges war alles neu: Blumenrabatte, junge Bäume aus nah und fern, viele Ziersträucher, ab und an eine Bank zum Ausruhen. In einigem Abstand folgten, ins Gespräch vertieft, die Comtesse und Kuznetsow.

Was für eine scharfsinnige, tatendurstige Dame! Wild entschlossen, die württembergische Politik mitzugestalten, sobald sie Königin ist. Eugen sah bewundernd auf die zierliche Person. Sie war sehr hübsch, hatte dunkle Locken und große, wache Augen, aus denen sie ihn zuweilen neckisch anblitzte. Und immer kräuselte sich so ein kleiner spöttischer Zug um ihren Mund.

Manchmal blieb sie abrupt stehen und stampfte auf, wenn sie betonen wollte, was ihr wichtig war. Sie hatte klare Vorstellungen, wie sie dem verarmten Land helfen könnte, in das sie gekommen war. Die Ideen habe sie von ihrer Mutter, der Zarin Maria Fjodorowna, gestand sie. Sie wolle ein generalstabsmäßig organisiertes Hilfsprogramm, bestehend aus sofortigen Hilfen und langfristigen Projekten. Elend und Leid des württembergischen Volkes müsse künftig verhindert werden.

Eugen hatte einen Heidenrespekt vor der energischen Dame, die redete und redete und ihn zum Zuhören verdammte. Ein solch leidenschaftlicher Tatendrang war ihm in seinem bisherigen Leben noch nicht begegnet.

Oben im Pavillon angekommen, klarte der Himmel auf. Welch herrlicher Blick über das Neckartal. Eugen schaute und staunte. Ihre Kaiserliche Hoheit warf sich in einen der Korbsessel und forderte Eugen auf, sich neben sie zu setzen.

Beide schwiegen und genossen den Ausblick. Leuchtend weiße, zarte Federwolken schimmerten am blauen Himmel. Die Luft war frisch.

Die Comtesse und Kuznetsow traten ein und blieben respektvoll stehen.

»Bitte setzen Sie sich«, sagte die vornehme Dame. »Sie, Comtesse, bitte neben den Fürsten, damit Sie sich schon ein bisschen an ihn gewöhnen.« Sie lachte schalkhaft.

Eugen sprang auf und half dem Hoffräulein in den Sessel. Die junge Dame errötete erneut, und Eugen sah es mit größtem Vergnügen. Und noch etwas sah er: So ganz nah war sie noch hübscher. Er schmolz dahin, als sie ihm einen dankbaren Blick aus gesenkten Lidern zuwarf.

»Wie gefällt Ihnen das Fräulein Comtesse, Fürst Samarow?« Ihre Kaiserliche Hoheit lächelte verschmitzt.

Eugen war von der Frage überrascht. Und weil er überrascht war, konnte er nicht sofort antworten.

Die vornehme Dame sah ihn schelmisch an. »Hat es Ihnen die Sprache verschlagen, Fürst, weil ich das frage? Oder weil Sie von der Schönheit meines Hoffräuleins geblendet sind?«

Kuznetsow konnte das Lachen nicht unterdrücken, schlug sich sofort auf den Mund und murmelte: »Ihre Kaiserliche Hoheit mögen entschuldigen.«

Eugen erhob sich, verneigte sich stumm vor der Comtesse. Sie sah ihn lächelnd an, und dieser Blick gab ihm den Rest. Himmel hilf! Was für eine Frau!

Ihre Majestät lachte und meinte: »Machen Sie ihr den Hof, lieber Fürst. Sie ist es wert. Ich kenne sie gut. Und morgen Abend möchte ich Sie beide im Hoftheater sehen. Seite an Seite.« Und an die Comtesse gewandt: »Was steht auf dem Spielplan?«

»Ein Lustspiel von unserem Hofrat Friedrich Haug, Kaiserliche Hoheit. Es heißt *Der Diener seines Nebenbuhlers*. Es soll herzerfrischend und sehr fidel sein.«

»Dann wünsche ich, dass ihr zwei Turteltäubchen morgen recht herzerfrischend und lustig seid.«

»Zu gütig, Kaiserliche Hoheit. Ich«, Eugen warf der Comtesse einen zärtlichen Blick zu, »Verzeihung, wir kommen sehr gern Ihrer Aufforderung nach. Herzlichen Dank.«

Die Comtesse wandte sich an Ihre Majestät: »Darf ich in Erinnerung bringen, Kaiserliche Hoheit, dass Fürst Samarow nicht auf der Liste steht.«

»Welcher Liste?«

»Das Verzeichnis der Personen, die berechtigt sind, das Theater zu besuchen, Kaiserliche Hoheit.«

»Dann soll Buschmann die Liste umgehend ergänzen. Bitte sagen Sie's ihm noch heute, Comtesse.«

»Und der Herr Offizier?«

»Auch auf die Liste!«

»Sehr wohl, Kaiserliche Hoheit«, sagte die Comtesse.

Für einen Augenblick war es still. Man hörte den Neckar rauschen und die Vögel zwitschern.

Plötzlich sprang die vornehme Dame auf die Füße und rief: »Zurück zur Arbeit, meine Herren! Wie ich schon sagte, haben die Unwetter viele tausend Menschen ins Elend gestürzt. Dagegen müssen wir sofort etwas tun. Meine Frau Mutter, mit der ich in regelmäßigem Briefaustausch bin, hat mir geschrieben, ich müsse für Arbeit,

Brot und Spiele sorgen. Zuerst, denke ich, sollten wir Armenspeisungen einrichten. Aber wie? Dann müssen wir schauen, dass die Leute wieder arbeiten können. Arbeit verschaffen hilft mehr als Almosen geben. Aber wie? Dann brauchen wir mehr Getreide und zum Frühjahr hin auch Saatgut. Aber woher und wie? Und schließlich müssen die Lebensmittel wieder erschwinglich werden. Aber wie? Machen Sie sich bitte Gedanken, meine Herren, und berichten Sie mir.«

*

Eugens Tage in Stuttgart waren dreigeteilt. Morgens zeichnete und malte er. Nachmittags besprach er mit Kuznetsow, was sie Ihrer Kaiserlichen Hoheit vorschlagen könnten. Und abends widmete er sich ausschließlich dem schönen Hoffräulein.

Eugen hatte dem alten Hetsch gleich nach dem Mittagessen einen Höflichkeitsbesuch abgestattet. Er war Philipp Friedrich von Hetsch nach einer Theatervorstellung vorgestellt worden, zu der Hetsch die Kulisse gemalt hatte. Hetsch, um die sechzig, hatte sein ganzes künstlerisches Leben als Hofmaler in Stuttgart verbracht und war vor ein paar Jahren in den persönlichen Adelsstand erhoben worden. Seine Porträts wurden bei Hofe und in den vornehmen Kreisen des Landes geschätzt.

Hetsch hatte um den Besuch gebeten, nachdem er gehört hatte, Eugen sei Maler und Lithograf. Eine Stunde lang hatte Hetsch seine Porträttechnik erklärt und zuweilen sogar verklärt. Der Belehrungen überdrüssig, hatte Eugen sich höflich verabschiedet und war zur Kaserne der königlichen Wache gegangen, die hinter dem Kleinen Theater lag. Dort bewohnte Kuznetsow ein Gästezimmer. Mit ihm spazierte er nun den Großen Graben hinauf, der seit kurzem auf königlichen Befehl in Königsstraße umbenannt worden war.

Linker Hand war das Merkurhaus. Hier konnten sie durchs Fenster den Redakteuren des altehrwürdigen Schwäbischen Merkur bei der Arbeit zuschauen. Gerade wurde im Hinterhof eine neue Druckerei eingerichtet.

»Bibliotheksrat von Born hat mir gesagt, das sei die wichtigste Zeitung im ganzen Land«, erklärte Eugen. »Die müsse man lesen, wenn man in der Landespolitik mitreden wolle.«

Und einige Schritte weiter lag rechter Hand das Haus des Buchhändlers Johann Friedrich Cotta. Im Hinterhaus war die große Verlagsdruckerei. Die Comtesse hatte Eugen erzählt, Cotta sei mit Ihrer Kaiserlichen Hoheit befreundet und spende viel in die Privatschatulle Ihrer Majestät. Auch Eugen hatte einen Wechsel über fünftausend Rubel beigesteuert. Damit lasse Ihre Hoheit säckeweise Saatgut und Getreide kaufen und finanziere wohltätige Vorhaben.

An allen Ecken und Enden wurde gebaut. Seit Stuttgart vor zehn Jahren königliche Residenz geworden war, hatte sich das bescheidene Landstädtchen zur Hauptstadt des Landes gemausert.

Sie kamen am Haus des Bankiers Kaulla vorbei, der mit der Abwicklung der königlichen Geldgeschäfte betraut war und auch einen Teil von Eugens Vermögen verwaltete.

»So wie jetzt gehe ich jeden Vormittag durch die Stadt. Ich schlendre die Straßen entlang, schaue den Handwerkern zu und besuche die Verkaufsräume, die noch geöffnet sind. Vor allem höre ich den Leuten auf der Straße zu.« Kuznetsow seufzte. »Für die Ärmsten der Armen steht alles auf dem Speiseplan, was irgendwo zu finden ist: Brennnesseln, Klee, Gras, Heu, getrocknetes Laub und Pflanzenwurzeln. Nur in bessergestellten Familien, die noch Erbsen, Bohnen oder Linsen haben, werden die Menschen einigermaßen satt.«

»Konntest du auch auskundschaften, was wir Ihrer Kaiserlichen Hoheit zur Linderung der Hungersnot empfehlen könnten?«

»Im hiesigen Armenhaus habe ich eine bemerkenswerte Suppe gekostet«, berichtete Kuznetsow. »Der dortige Pfarrer nennt sie Rumford-Suppe. Er hat mir erklärt, wie man sie macht. Graupen und Erbsen werden in Wasser zu Brei gekocht. Dann wird hineingerührt, was noch im Haus ist: harte Brotkanten, Linsen, Erbsen, Bohnen, Kohl, Graupen, Grieß, Hirse, Buchweizen und Kartoffelschalen. Alles durch ein Sieb passieren. Fertig ist eine nahrhafte Resteverwertung, die wirklich vom nagenden Hunger befreit.«

»Müssen die Armen für die Suppe zahlen?«, wollte Eugen wissen.

»Jeder Teller Suppe kostet das Armenhaus etwa zwei Kreuzer, sagt der Pfarrer. Aber die Habenichtse kriegen sie umsonst. Die anderen zahlen einen Kreuzer. Für alle gibt es eine Scheibe Brot dazu. Solche Suppenküchen könnte Ihre Majestät jeder Kirchengemeinde im Land ans Herz legen.«

»Und wer kommt für die restlichen Kosten auf?«

»Bessergestellte spenden Geld oder Zutaten zur Suppe.«

»Aus reiner Nächstenliebe?«

»Ja, aber der Pfarrer hat mir auch eine Armenspeisung beschrieben, die anders finanziert wird. In einer Nachbargemeinde von Stuttgart gebe der Schultheiß Essensmarken an Bedürftige aus. Die Wohlhabenderen im Ort müssten dafür eine wöchentliche Sonderabgabe entrichten, entweder in Geld oder in Naturalien. Jeder, der sich eine warme Mahlzeit am Tag abholen dürfe, müsse eine Marke abgeben und sein eigenes Gefäß mitbringen. Gegessen werde im Rathaus oder in der Kirche, und wenn's mal warm ist und nicht regnet, auch im Freien.«

»Auch das werden wir Ihrer Majestät vorschlagen«, sagte Eugen. Er blickte zum Himmel auf, an dem sich schwere Gewitterwolken bildeten. »Ich habe neulich, als ich durch die Ludwigsburger Straße zu den herrschaftlichen Gärten gegangen bin, mit einem Schuhmacher gesprochen. Er hat mich auf ein ganz anderes Problem aufmerksam gemacht. Die Schuhmacher, Gürtler, Sattler und Handschuhmacher bekämen kein Leder und hätten deshalb keine Aufträge mehr. Und weil sie nicht arbeiten könnten, lägen auch sie der Gemeinde auf der Tasche. Ich werde umgehend Lord Snowhill schreiben und ihn bitten, er möge uns Leder schicken.«

»Und mir haben Blaufärber und Grauhosenschneider Ähnliches erzählt. Es mangele an Leinwand. Also sag deinem Lord, er soll uns auch Tuch aus England oder Holland besorgen. Bedenke, was Ihre Kaiserliche Hoheit gesagt hat: Arbeit verschaffen ist besser als Almosen geben. Die Leute müssen sich selbst helfen können.«

»Die Menschen, die noch ein Einkommen haben, geben den Großteil für Lebensmittel aus. Auch das muss man ändern«, gab Eugen zu bedenken.

»Und wie?«

»Man könnte für die wichtigsten Lebensmittel wie Brot, Kartoffeln, Mehl und Erbsen Festpreise vorschreiben.«

»Du meinst wirklich, dass dann alles von allein billiger wird?«

»Natürlich nicht«, beschwichtigte Eugen. »Aber die Regierung könnte zum Beispiel Geld beim Getreidekauf zuschießen, damit das Mehl billiger wird. Damit schlägt sie zwei Fliegen mit einer Klappe. Sie macht Lebensmittel wieder bezahlbar. Und sie kontrolliert den Getreidehandel, unterbindet Wucherpreise und legt den Preistreibern das Handwerk.«

»Ich habe läuten hören«, ergänzte Kuznetsow, »dass der Schultheiß von Vaihingen zusammen mit hundertzwanzig wohlhabenderen Bürgern einen Kornverein gegründet hat. Der kauft Getreide im Ausland auf und verteilt es weit unter dem Marktpreis an die Bäcker am Ort. Die müssen damit verbilligtes Brot backen und verkaufen. Damit kein Missbrauch getrieben wird, muss auf jedem Laib eine Brotmarke eingebacken werden.«

»Und bei mir war vorgestern ein gutsituierter Stuttgarter, der mich gefragt hat, ob ich mich an einer Notstiftung beteiligen würde. Rund zweihundert Bürger wollen Gedenkmünzen aus Zinn prägen lassen. Darin sei ein koloriertes Bildchen eingelegt, das an die Notzeit erinnern soll. Jeder Hungertaler kostet fünf Gulden. Vom Erlös soll Brot kostenlos an Arme verteilt werden.«

Sie bogen ab zur Stiftskirche, in der gerade die Verzweifelten einen Bittgottesdienst feierten und auf göttliche Hilfe hofften.

*

Läuteten die Kirchenglocken um sechs den Feierabend ein, eilte Eugen, vornehm gekleidet, aus dem Haus, lief hinüber zum Schloss und wartete vor dem linken Eingang auf die Comtesse.

Sie hakte sich bei ihm unter, und so lustwandelten sie, wie andere Paare auch, auf dem Schlossplatz im Kreis. Sie erzählte, was sie den Tag über erlebt hatte, und er berichtete über seine Malerei und die Gespräche mit Alexeij.

»Sie wissen schon, mein lieber Fürst, dass Ihre Kaiserliche Hoheit große Stücke auf Sie hält und auf Ihre Vorschläge wartet.«

»Alexeij und ich werden bald um Audienz bitten. Er ist jeden Vormittag in der Stadt unterwegs, spricht mit den Leuten und macht sich Notizen. Die Not vieler Menschen ist unbeschreiblich. Die Preise für Lebensmittel steigen und steigen. Die Handwerksgesellen verdienen ungefähr 44 Kreuzer am Tag, die Taglöhner 48 Kreuzer, hat Alexeij auskundschaftet. Aber der Sechspfünder

Brot kostet 52 Kreuzer. Wie soll da einer seine Familie satt kriegen?«

»Seine Majestät spricht von nichts anderem. Heute hat sie wieder einen Brief von Ihrer Frau Mutter erhalten. Als künftige Königin von Württemberg müsse sie die Not und das Elend der Untertanen zu ihrer eigenen Sache machen, schreibt die Zarin.«

Seitdem sie von Ihrer Kaiserlichen Hoheit höchstpersönlich beim ersten gemeinsamen Theaterabend der versammelten Hofgesellschaft vorgestellt worden waren, stand Fürst Samarow im Mittelpunkt des Interesses. Über ihn und die Comtesse wurde viel geklatscht und getratscht. Doch was man bei Hofe über ihn dachte und sprach, war ihm egal. Ihn interessierte nur, ob die Monarchin ihnen gewogen war.

Die Comtesse liebte die Oper. Sie schwärmte von Mozarts *Zauberflöte*, die sie letzte Woche gesehen hatten. Und sie freute sich riesig auf die Aufführung am Abend.

»Weißt du, was heute auf dem Programm steht?«

Eugen hatte keine Ahnung. Hauptsache, er durfte neben dem Hoffräulein sitzen und es anschmachten.

Die Comtesse lächelte siegesgewiss. Sie sah genau, dass der Fürst ihr längst verfallen war. Und sie genoss es. »Heute Abend wird Mozarts Titus aufgeführt. Es geht um Macht und Ohnmacht, Liebe und Verrat im alten Rom.«

»Ach ja?«

»Du Banause!« Sie knuffte ihn in den Arm. »Ich habe die Oper schon einmal in Paris gesehen. Die Handlung um den römischen Kaiser Titus ist zwar reichlich verworren, aber von Mozarts Musik kann ich nicht genug kriegen.«

Die meisten abendlichen Spaziergänger waren Offiziere oder Bedienstete am Hof. Fräulein Charlotte von Baur, Hofdame im Hofstaat Ihrer Kaiserlichen Hoheit, kam ihnen am Arm eines Rittmeisters entgegen.

»Besuchen Sie nächsten Dienstagabend auch das Kammerkonzert?«, wollte die Hofdame wissen.

Eugen sah die Comtesse liebevoll an, bevor er antwortete: »Gewiss doch! Ihre Kaiserliche Hoheit hat uns eine persönliche Einladung zukommen lassen. Hofkapellmeister Konradin Kreutzer gebe sein Abschiedsvorstellung. Wir werden uns das nicht entgehen lassen.«

Eugen verbeugte sich zum Abschied. Beim Weitergehen erzählte die Comtesse, wie der Tagesablauf bei Hofe sei.

Seine Kaiserliche Hoheit habe einen streng geregelten Tag. Frühstück um zwölf, Mittagessen um fünf und Abendessen nach dem Theater- oder Konzertbesuch gegen Mitternacht. Das Frühstück sei stets üppig, Mittag- und Abendessen dagegen eher bescheiden. Beide Majestäten achteten sehr auf ihre schlanke Linie.

Nach dem Levée nehme Ihre Kaiserliche Majestät am Schreibtisch Platz und verfasse Brief um Brief. Ihrer Mutter schreibe sie oft, mindestens einmal in der Woche. Ihrem Bruder, dem Zaren, nicht mehr so häufig wie in den ersten Monaten in Stuttgart. Sogar mit dem weltberühmten Dichter und Schriftsteller Goethe sei sie brieflich verbunden. Sie habe ihn sogar schon zweimal in Weimar besucht. Seine Werke lese sie besonders gern. Außerdem erteile sie viele schriftliche Anweisungen an die württembergischen Behörden oder erbitte Auskunft. Sie wolle genau wissen, was für die Armen getan werde.

Ihre Hoheit liebe Theateraufführungen über alles. Besonders die Stücke von Schiller gefielen ihr sehr. Jede Woche halte sie in ihren Gemächern kleine Teegesellschaften ab. Und einmal im Monat veranstalte sie einen Hofball.

»Wir sind demnächst auch eingeladen, mein Lieber. Dass du es nur schon weißt. Und auf der Liste für die übernächste Teegesellschaft stehen wir auch drauf.«

»Wenn wir nur zusammen sind«, sagte Eugen. Er hüstelte verlegen. Dann ergriff er ihre Hand.

Sie ließ es geschehen. Zugleich spürte sie, dass er erregt war.

»Wie Sie wissen, hochverehrte Comtesse, ist Ihr Patenonkel mein Freund. Er hat meiner Großmutter und mir seine Aufwartung gemacht und gesagt, Sie wären nicht abgeneigt …« Eugen hüstelte erneut, sprach sich selbst Mut zu und sagte dann leise: »Alexandre meinte, ich dürfe es wagen, um Ihre Hand anzuhalten.«

Sie errötete und schlug die Augen nieder. Er drückte zärtlich ihre Hand.

»Meine Frau Mutter …«, hauchte sie und verstummte.

»Soll ich sie fragen?«

Sie nickte eifrig.

»Dann schreibe ich ihr noch heute.«

Er begleitete sie vor den linken Eingang des Schlosses, denn sie wollte sich für den Abend in hoheitlicher Gesellschaft umkleiden.

»In einer Stunde warte ich hier auf Sie, verehrte Comtesse.« Er reichte ihr ein Couvert.

Sie nahm es, eilte in ihre Kemenate und verdrückte
Tränen der Rührung und der Freude, als sie die hand-
geschriebenen Zeilen las:

Ich denke dein, wenn mir der Sonne Schimmer
vom Meere strahlt.
Ich denke dein, wenn sich des Mondes Flimmer
in Quellen malt.

Ich sehe dich, wenn auf dem fernen Wege
der Staub sich hebt.
In tiefer Nacht, wenn auf dem schmalen Wege
der Wandrer bebt.

Ich höre dich, wenn dort mit dumpfem Rauschen
die Welle steigt.
Im stillen Haine geh' ich oft zu lauschen,
wenn alles schweigt.

Ich bin bei dir, du seist auch noch so ferne,
Du bist mir nah!
Die Sonne sinkt, bald leuchten die Sterne.
O wärst du da!

(Johann Wolfgang von Goethe)

*

Sie saßen auf dem Kutschbock eines gut gefederten Reisewagens und plauderten. Kuznetsow ließ die Zügel durchhängen. Eugen aß einen Apfel. Die beiden Schimmel trabten auf der neuen Staatsstraße 1 dahin, die meist dem Lauf des Neckars folgte. Sie kamen schneller voran als gedacht.

»Du lebst unter einem Glücksstern, mein Lieber«, sagte Kuznetsow. »Als wir vor über einem Jahr in Heilbronn losgefahren sind, warst du ein armer Teufel. Und jetzt bist du ein reicher Mann. Manchmal beneide ich dich schon ein bisschen.«

Eugen lachte. »Ist man mit einem Sack voll Geld ein glücklicher Mann? Gewiss, ich habe glückliche Zufälle erleben dürfen. Du hast sie miterlebt. Habe ich betrogen? Habe ich gestohlen? Nein! Alles hat sich wie von Zauberhand gefügt. Manchmal kann ich es selbst nicht glauben. Aber ich bin vorsichtig. Wahres Glück dauert oft nur einen Augenblick.«

»Und wie steht's um die Comtesse?« Kuznetsow nahm sich auch einen Apfel aus der Tasche, die zwischen ihnen stand.

»Die Zuneigung der Comtesse ist für mich das wahre Glück, nicht das Geld und das Gut.«

»Wirst du sie heiraten?«

»Ich denke schon.«

»Klingt nicht sehr entschlossen.«

»Wir sind uns einig, aber die Zustimmung ihrer Mutter steht noch aus. Ich habe nach Paris geschrieben und hoffe auf baldige Antwort. Aus Odessa habe ich einen Brief erhalten. Die Fürstin will, dass ich heirate. Ihren

Patenonkel, den Herrn Generalgouverneur, muss ich nicht fragen. Er hat ja alles eingefädelt und wird hoffentlich seiner Schwester gut zureden, sofern sie Einwände erheben sollte.«

»Wann wollt ihr heiraten?«

»Noch in diesem Jahr. Wahrscheinlich im Dezember, wenn ihre Mutter bis dahin hier sein kann.«

»Und wo werdet ihr wohnen?«

»Im Fürstenhaus beziehen wir eine Suite, bis wir ein eigenes Haus kaufen oder bauen können. Am liebsten in der Königstraße. Der russische Botschafter gibt sein Bestes.«

Sie schwiegen ein Weilchen vor sich hin. Links und rechts der Straße stapelten sich Weinbergterrassen die Hänge hinauf.

»Eigentlich ein fruchtbares Land, wenn dieses verdammte Unwetter nicht wäre. Die Traubenlese wird heuer wohl wieder ins Wasser fallen.«

Eugen sah Kuznetsow prüfend an. »Und welche Pläne hast du, mein Freund?«

»Ich weiß es nicht. Noch nicht. Aber eines weiß ich genau: Am Schwarzen Meer ist es wärmer. Das würde mich schon reizen. Doch Staatsrat von Born, mit dem ich die Bibliothek eingeräumt habe, liegt mir in den Ohren, ich solle ins württembergische Militär wechseln. Er sorge dafür, dass ich Rittmeister bei den Dragonern oder württembergischer Versorgungsoffizier werde.«

»Warum liegt er dir in den Ohren? Was hat er davon?«

»In seiner Verwandtschaft ist eine junge Witwe. Sie sei gesund und wohlhabend und habe ein sonniges Gemüt.«

»Die sollst du heiraten?«

Kuznetsow grinste vielsagend.

Eugen lachte. »Und wo ist der Pferdefuß? Hinkt sie? Schielt sie?«

Kuznetsow tippte sich an die Stirn. »Du hast wohl 'ne Meise! Nein, ich hab sie schon ein paarmal gesehen. Alles bestens.« Er kratzte sich verlegen am Hinterkopf. »Aber sie hat zwei kleine Kinder, und ich weiß nicht, ob ich das will.«

»Ach, Alexeij, heirate sie und bleib hier. Die Freundschaft mit dir bedeutet mir sehr viel. Bald scheint wieder die Sonne. Dann wird alles gut. Und wenn Seine Kaiserliche Hoheit erst einmal Königin von Württemberg ist, sind wir zwei fein raus.«

»Du willst nach der Hochzeit also hierbleiben?«

»Muss ich wohl, denn die Comtesse will nicht weg. Schon gleich gar nicht ans Schwarze Meer. Wird Katharina einmal Königin, dann werde sie Hofdame oder sogar Staatsdame, verkündet sie mir jeden Tag. Das könne und das wolle sie sich auf gar keinen Fall entgehen lassen. Außerdem sei es von hier nicht so weit in ihre Heimat.«

»Und was wird dann aus deiner Kunst? Hängst du sie an den Nagel?«

»Im Gegenteil. Malen und Zeichnen ist wie eine Sucht. Das Werk selbst schreit nach Vollendung. Man schult sein Auge und ertüchtigt seinen Geist. Ist das Werk dann fertig, erlebt man Glücksmomente ohnegleichen. Darum gründe ich ein lithografisches Atelier. Den Anfang habe ich schon gemacht.«

Kuznetsow lachte vielsagend. »Davon habe ich bisher nichts bemerkt.«

Eugen winkte ab. »Auch du kriegst nicht alles mit, mein Freund. Immerhin habe ich neulich an die Lithografieschule in München geschrieben. Ich habe auf meinen guten Abschluss im ersten Jahr des Bestehens der Schule hingewiesen und Professor Mitterer gebeten, mir behilflich zu sein, zwei ausgebildete Lithografen anzuwerben. Die sollen in meinem Atelier alle technischen Arbeiten erledigen. Dann kann ich mich ganz aufs Künstlerische konzentrieren und nach Herzenslust zeichnen und malen. Wart's ab, mein Freund. In Stuttgart gibt es seit Jahren keine Kunstakademie mehr. Und eine Kunstschule gibt es auch noch nicht. Also werden wir den hiesigen Kunstmarkt erobern.«

»Fahren wir deshalb nach Heilbronn?«

»Erraten! In Heilbronn kenne ich mich aus. Zuerst fahren wir zum Hafen. Dort kommen die Getreideschiffe an, die über Holland rhein- und neckarabwärts unser Getreide bringen. Wir laden einige Säcke auf. Alles schon mit Lord Snowhill brieflich ausgemacht. Das Getreide kann ich gegen gutes Papier und allerlei Gerätschaften für mein Atelier eintauschen. Wenn ich Glück habe, treibe ich sogar eine Reibepresse auf. Und vielleicht schau ich auch noch in der Buchdruckerei Becker vorbei. Mal sehen, wie's läuft.«

Eugen malte sich in Gedanken aus, wie er Meister Ebbeke in der Papiermühle am Bollwerksturm ausfragen könnte. Der wusste bestimmt, wie es um die Buchdruckerei und die Familie Becker bestellt war.

In Besigheim mündete ein Seitenfluss in den Neckar. Genau da stauten sich viele Flöße. Hinter dem Ort mit seinen schönen Häusern weitete sich das Neckartal. Doch zu beiden Seiten erstreckten sich trostlose Felder. In einigen stand das Wasser.

»Da soll bald wieder die Sonne scheinen?« Kuznetsow sah Eugen stirnrunzelnd an. »Woher nimmst du die Hoffnung, dass alles wieder besser wird?«

»Weil ich mit eigenen Augen gesehen habe, wie schön es hier sein kann. Immerhin habe ich mal in Heilbronn gelebt.«

Sie erreichten Lauffen. An der Brücke über den Neckar wurde gerade gearbeitet.

»Was schafft ihr?«, rief Eugen vom Kutschbock herunter den Steinmetzen zu.

»Wir nehmen die letzten Holzstempel heraus und ersetzen sie durch steinerne.«

Viele Trockenmauern stützten den steilen Hang auf der linken Straßenseite. Doch aus den Mauerritzen quoll Wasser heraus.

»Himmel hilf«, seufzte Eugen, »hoffentlich rutschen die Schrannen nicht in den Neckar. Die armen Weinbauern.«

»Am Schwarzen Meer müssen sie sich nicht so schinden. Da gibt es keine Weinberge.« Kuznetsow fasste die Zügel fester, weil eine Kutsche entgegenkam. »Und trotzdem wächst dort ein guter Wein.«

Am Horizont war Heilbronn zu erkennen. Eugen freute sich, die alte Heimat wiederzusehen. Doch Kuznetsow versalzte ihm das aufkeimende Glücksgefühl.

»Sag mal, Ewgeij, was geht eigentlich in deinem Kopf vor, wenn du an früher denkst? Ich meine nicht die Zeit in Heilbronn und die Schule in München. Wo warst du davor? Und was hast du damals gemacht?«

»Ach, Alexeij, lass ruhen, was vergangen ist. Und was die Zukunft bringt, steht in den Sternen. Sicherlich fahre ich nach Odessa und vielleicht mal an die Wolga. Bisher war das Glück auf meiner Seite. Doch Nackenschläge werden nicht ausbleiben. Vergiss nicht, ich bin ja noch keine dreißig.«

Anhang

Auch in der schwersten Krise gibt es immer eine Chance auf Neubeginn. Das erkannten König Wilhelm und Königin Katharina schnell.

König Friedrich von Württemberg starb am 30. Oktober 1816 frühmorgens. Am selben Tag gebar seine Schwiegertochter Katharina, an diesem Tag zur Königin ausgerufen, ihre Tochter Marie Friederike Charlotte.

Vom ersten Tag an zeigte Friedrichs Sohn und Nachfolger, dass er den Macht- und Politikwechsel wollte. So ließ sich der neue König, der auf die Namen Friedrich Wilhelm Karl getauft worden war und als Friedrich II. den Thron besteigen sollte, als König Wilhelm ausrufen und verkürzte den bisherig ausschweifenden Herrschertitel auf »König von Württemberg«.

König Wilhelm vereinfachte umgehend das Staatswappen und reduzierte die Staatsfarben von Schwarz-Rot-Gold auf Schwarz-Rot. Er erließ eine umfassende Amnestie für Zivil- und Militärsträflinge und machte Strafversetzungen von Beamten rückgängig. Er entließ fast alle Minister des Staatsministeriums und setzte dafür den Geheimen Rat als Regierung ein. Führungspositionen bei Hof und in der Staatsverwaltung besetzte er neu.

Wilhelms und Katharinas Regierungsantritt fiel in eine Zeit großer wirtschaftlicher Not. Missernten als Folge der Explosion des Vulkans Tambora führten zu einer unermesslichen Hungersnot, zu vervielfachten Lebensmittelpreisen und zu einer beängstigend großen Auswanderungswelle.

Mit Beginn ihrer Regentschaft am 30. Oktober 1816 mussten sie vier grundlegende Bereiche Württembergs reformieren und teilweise neu aufbauen: Landwirtschaft, Industrie, Handel und Fürsorge. Wegen der großen Hungerkatastrophe hatte die Landwirtschaft für Wilhelm Vorrang, während sich seine Frau Katharina der Armenfürsorge und anderen sozialen Projekten widmete. Vordringlich mussten rasch auch die großen Auswanderungsströme nach Russland und Nordamerika gestoppt und die Daheimgebliebenen dringendst versorgt werden, denn zu viele hatten nichts zu essen und starben an Hunger, Erschöpfung und Krankheit.

Also starteten sie ein *Sofortprogramm*: Armenspeisungen, Suppenküchen, Prägung von Hungertalern, Verbot von Schnapsbrennen aus Getreide und Kartoffeln, Höchstpreise für Lebensmittel, Ausfuhrverbot für Getreide, Kartoffeln und Lebensmitteln. Ankauf von Getreide in großen Mengen, vor allem in Russland. Im Frühjahr 1817 ließen König und Königin Saatgut aus den staatlichen Kornkammern kostenlos an die Bauern verteilen.

Und sie entwickelten in kürzester Zeit ein *langfristiges Programm*. Königin Katharina starb am 9. Januar 1819. Sie war gerade einmal 26 Monate lang Königin von Württemberg. In dieser kurzen Zeit bewirkte sie viel Gutes und Nachhaltiges. Hier die wichtigsten Projekte aus ihrer Zeit als Königin.

29. Dezember 1816: Gründungsversammlung der Zentralleitung des Wohltätigkeitsvereins im Alten Schloss. Die beiden bestehenden Anstalten zur Versorgung von Waisen- und Armenkindern wurden in diese Zentralorganisation integriert und wurden zur »Katharinenpflege« und »Marienpflege«. Wöchentlich tagte der Vereinsvorstand unter Katharinas Leitung. Er plante große Neuerungen für das ganze Land und organisierte gleichzeitig Einzelmaßnahmen bis ins letzte Detail. Auf Veranlassung Katharinas wurden in den Gemeinden wohltätige Ortsvereine gegründet, die die Zentralleitung steuerte. König und Königin spendeten dem Verein viel Geld aus ihrem Privatvermögen. Sogar Katharinas Mutter Zarin Maria Fjodorowna wurde Mitglied und spendete regelmäßig. Die tägliche Verwaltungsarbeit des Vereins leistete die Königin selbst.

1817: Pläne für ein Krankenhaus fertiggestellt, das etwas außerhalb der Stadt, »in guter Luft gelegen, ein geräumiger, schöner und gut ausgestatteter Ort der Heilung und Pflege« werden sollte, nicht für reiche Leute, sondern »… für Dienstboten, Handwerksburschen und ähnliche Bedürftige«. Das Katharinenhospital wurde erst nach Katharinas Tod fertig, gebaut mit Spenden vieler Bürger und europäischer Adelshäuser.

August 1817: Centralstelle des landwirtschaftlichen Vereins gegründet. König und Königin waren Vorsitzende. Der Verein hatte folgende Aufgaben: Förderung des ökonomischen Wandels, Austausch von Erfahrungen, Beseitigung von Verwaltungshindernissen, Gründung einer landwirtschaftlichen Unterrichts- und Versuchsanstalt, Prämien an Bauern für gute Erzeugnisse, Gründung einer Fachzeitschrift, Ausrichtung eines landwirtschaftlichen Volksfestes.

September 1818: Das erste Cannstatter Volksfest. Dabei sollten landwirtschaftliche Innovationen vorgestellt und die Überwindung der Hungerjahre gefeiert werden. Das Fest wurde nach dem römischen Konzept »Brot und Spiele« konzipiert. Die Württemberger sollten einen schönen Tag auf dem Wasen genießen, der feuchten Wiese am Neckar bei Cannstatt. Eine hohe Fruchtsäule, Symbol des Erntedanks, überragte das Gelände. Überall Blasmusik. Die besten Viehhalter präsentierten einen Tag lang ihre Pferde, Ochsen, Kühe, Schafe und Schweine. Der König höchstpersönlich überreichte die Prämien von 4 bis 20 Dukaten. Ein Pferderennen und ein Schifferstechen auf dem Neckar belustigten die Zuschauer. 30 000 festlich gekleidete Männer, Frauen und Kinder waren begeistert.

Oktober 1817: Staatswirtschaftliche Fakultät an der Universität Tübingen gegründet. Hier sollten höhere Verwaltungsbeamte und künftige Wirtschaftsführer zeitgemäß ausgebildet werden. Erster Professor für Staatsverwaltungspraxis wurde Friedrich List. Unter seinen ersten Schülern waren Moriz Mohl und Ferdinand Steinbeis, die die württembergische Wirtschaftspolitik des 19. Jahrhunderts entscheidend beeinflussten.

Mai 1818: erste Sparkasse eröffnet. Sie diente der Absicherung gegen »Vermögenszerfall« und »Abrutschen in die Armut«. Katharina wollte den Sparwillen der Bevölkerung fördern. Jeder Württemberger sollte in der Lage sein, Geld für Notzeiten anzusparen. Bereits am 27. Februar 1818 erteilte der König die Genehmigung zur Gründung der ersten »Spar-Casse zum Besten der ärmeren Volks-Classe«. Daraus entstand die Württembergische Landessparkasse.

August 1818: neue Bildungsangebote in Stuttgart. Katharina schickte 1816, weil die höhere Bildung für Mädchen noch sehr umstritten war, ihren Privatsekretär Gerhard von Buschmann, der schon in St. Petersburg in ihren Diensten stand, in die Schweiz. Er sollte sich bei dem berühmten Erzieher Pestalozzi Anregungen für eine Mädchenschulgründung in Stuttgart holen. Am 17. August 1818 eröffnete Königin Katharina persönlich – in Anlehnung an das Smolny-Institut in Sankt Petersburg – ein Mädchenpensionat, das nach ihrem Tod in **Königin-Katharina-Stift** benannt und später zum Gymnasium für Mädchen und Jungen wurde. Unter dem Motto »Arbeit verschaffen hilft mehr als Almosen« wurden auch Beschäftigungsanstalten eingerichtet, sogenannte Industrieschulen für den Handwerkernachwuchs und Spinn- und Nähstuben für arme Mädchen. Für Kinder aus sozial schwachen Schichten wurden **Horte mit Lernangeboten** für Kinder angeboten, die auf der Straße lebten und hungerten. Damit wollte die Regierung die Bettelei und das Vagantentum verringern.

Oktober 1818: Korntal (bei Stuttgart) wurde gegründet, die erste religiös-selbstständige Gemeinde. Damit mussten sich die württembergischen Pietisten in religiösen Fragen nicht mehr der offiziellen Landeskirche und ihrem Bischof (König Wilhelm ist in Personalunion auch Landesbischof) beugen. Das religiöse Motiv zur Auswanderung entfiel. Mit **Wilhelmsdorf** bei Ravensburg entstand später eine zweite solche Gemeinde.

November 1818: Hohenheim gegründet, die landwirtschaftliche Unterrichts-, Versuchs- und Musteranstalt. Platz fand diese Bildungseinrichtung im leerstehenden Schloss Hohenheim, das in der Nähe der fruchtbaren Felder auf den Fildern liegt. Johann Nepomuk Hubert Schwerz (1759–1844) wurde der erste Direktor der Musteranstalt. Gemeinsam mit zwei weiteren Lehrern unterrichtete er im ersten Jahr 16 Schüler in Landwirtschaft, Mathematik, Physik, Chemie, Mineralogie und Botanik. Aus diesen kleinen Anfängen entstand die Universität Hohenheim, die erste landwirtschaftliche Hochschule der Welt. Hier wurden von Anfang an die Saatgutveredelung und die Verbesserung der Felddüngung erforscht und gelehrt. Angegliedert war eine Waisenanstalt, aus der die Ackerbauschule entstand. In der angeschlossenen Pflugmanufaktur wurden moderne Ackergeräte entwickelt, gebaut und in der Umgebung eingesetzt mit dem Ziel, die Ernteerträge zu erhöhen. Damit die Wagner und Schmiede in den Dörfern die Geräte nachbauen konnten, wurden Baupläne und maßstabsgetreue Modelle der Geräte gefertigt und versandt. Lehrangebote für die Optimierung des Obstbaus, des Weinbaus und des Gartenbaus wurden veranstaltet und örtliche Obstbaumwarte ausgebildet.